系列丛书

2013 第二卷

（总第八卷）

主　编：褚水敖

陈鹏举

上海市作家协会　主管

上海诗词学会　编

文匯出版社

图书在版编目(CIP)数据

上海诗词. 2013. 第2卷 / 褚水敖，陈鹏举主编.
—上海：文汇出版社，2013.12
ISBN 978-7-5496-1052-5

I. ①上… II. ①褚… ②陈… III. ①诗词—作品集—中国—当代 IV. ①I227

中国版本图书馆CIP数据核字（2014）第000612号

上海诗词

主　　编 / 褚水敖、陈鹏举
编　　著 / 上海诗词学会
责任编辑 / 甘　棠
装帧设计 / 于　飞

出版发行 / 文匯出版社
　　　　　上海市威海路755号（邮政编码：200041）
经　　销 / 全国新华书店
印　　刷 / 上海长城绘图印刷厂
版　　次 / 2013年12月第1版
印　　次 / 2013年12月第1版印刷
开　　本 / 720×960　1/16
字　　数 / 200千
印　　张 / 12.75
书　　号 / ISBN 978-7-5496-1052-5
定　　价 / 25.00元

丛书编委会名单

卷首语

有关诗词的几个问题

■ 陈鹏举

今年在上海市作家协会大厅举行的诗词与新诗的研讨会上，我作了一个发言，就有关诗词的几个问题，发表了意见。我觉得这几个问题，或许可以作为引玉之言，会让同道有探讨的兴趣。因此，作为文字记录在此，作为本期的序言，一来可以留下些这个有意义的研讨会的印迹，二来期望引出同道的议论和思考。

当时说到了三个问题。

其一，绝句的第三句，必须是转折句？

有论者认为，绝句第三句转折是绝句创作的铁律。如不转折，就是不懂律，就是不知绝句为何物。我认为，这一说可以商榷。要弄清楚这个问题，应该重新回顾一下：绝句从何而来？绝句也称截句，意思就是无论五绝还是七绝，都是出自律诗，都是从律诗中截来的。律诗什么样？律诗由四联组成，中间两联对仗。从律诗这样的形式出发，去看绝句，就可以发现，绝句的形式，要么是律诗的第一、第二联，要么是第二、第三联，要么是第三、第四联。这就出现了所谓的绝句第三句的转折难点，或者说转折的无依据。很明显，当绝句是截了律诗的第二第三句的时候，要求第三句转折，就变得莫名其妙。譬如杜甫的那首绝句："两个黄鹂鸣翠柳，一行白鹭上青天。窗含西岭千秋雪，门泊东吴万里船。"第三句"窗含西岭千秋雪"转了吗？有必要转吗？而且，杜甫这首诗的诗题就是"绝句"。可见杜甫是认定这是首绝句的。所有的有关诗词的论断，原本是应该诗意些的。也就是该写意些，有余地的。下有关绝句的论断，无视杜甫这首妇孺皆知的绝句，可能是灯下黑了。

其二，中国诗词的叙事能力，不及新诗？

有论者认为，中国诗词有个不足，就是叙事能力弱，不及新诗。这个问题，也可以探讨。中国诗词传世的叙事诗比较少，但是少不等于弱。譬如，白居易的《长恨歌》、《琵琶行》，这样的叙事能力，你说弱不弱？这里倒可以延伸一下，探讨中国诗词叙事诗为何少的问题。中国诗词叙事诗少绝不是能力问题，而是因为中国诗词与生俱来的写意理念。这个世界最具诗意地生活至今的中国人，还有这个世界上最具诗意的中国文字，这样的人和这样的文字的交流和相契，产生的中国诗词，每一个字都饱满丰韵，所有的人事，在诗词中生发、成就起来的形态和神色，自然都诗意至上。即使是再伟大或者再沧桑的历史变迁，有时也就几十字就叙述出来，而且极度诗意。还举杜甫的诗《江南逢李龟年》为例："岐王宅里寻常见，崔九堂上几度闻。正是江南好风景，落花时节又逢君。"杜甫和李龟年这位唐代伟大的歌唱家，安史之乱之后湖海相见，国家和自身沧桑遭际，杜甫仅用二十八字，甚至说出了一个时代。杜甫可以写《北征》那样的叙事诗，而在这里，他不屑为叙事诗。他只是前两句说了往事，后两句说了当时，就停笔了。杜甫这二十八字，可以想见，李龟年看了老泪纵横。千百年来，读它的人都免不了心头生痛。如果写上百十句，是不是更诗意，更叙事呢？我看不是。也就是这个道理，中国诗词的叙事诗不多。

其三，鲁迅的"运交华盖欲何求"是白话诗？

有论者认为，历来有许多诗词，是白话诗。譬如鲁迅的《自嘲》诗："运交华盖欲何求，未敢翻身已碰头。破帽遮颜过闹市，漏船载酒泛中流。横眉冷对千夫指，俯首甘为孺子牛。躲进小楼成一统，管他冬夏与春秋。"是白话诗。这论断看来是误会文言文，也误会白话文了。之前也听到论者说李白的“床前明月光”，也是白话诗，甚至说是白话打油诗。这种论断，不免轻慢。中国诗词和新诗，分属于文言文和白话文，尽管都是诗，两者的语境语感都是不一样的。胡适写过《白话文学史》，他说到的历史上的所谓“白话”，应该是说当时民间的口语。可现在的白话文，应该不能同日而语。顺此思路，如果上述鲁迅的那首《自嘲》诗中的句子，放到白话文里，可以明显感觉语法、语境不一样。读它的人会说，这文章半文不白。这就是文言文和白话文两个文字系统的不一样处。白话文是一种语法规则严谨的文字。文言文呢？它是一种写意的有感情作为内在动力的文字。语法，对文言文而言，至少不被关注。也因此，细细体会诗词如何遣字造句、蔚然成篇，应该不会“发现”譬如鲁迅《自嘲》，还有李白“床前明月光”等等，这些看似直白的诗句，是白话诗。

篇幅有限，不知我的意见是不是表达清楚了。还要说的就是，这是一家之言，希望同道指教。

又一年即将过去，相信，随着中国人文心的渐渐回归，中国诗词的回归和繁荣，必将一年好似一年。

目录

卷首语

诗国华章

金秋诗会

中国梦·杨浦情

霜林集叶

风云酬唱

颂寿期颐

鹧鸪天唱和

往事尘烟

秉笔丹青

云间遗音

九州吟草

观鱼解牛

骚坛鸿雪

诗国华章

金秋诗会

■ 吴祖刚

忆江南　中华梦

一

中华梦，诗国再春风。谁道今朝无杜甫？我思海内有莎翁，交响奏鸣中。

二

中华梦，科学激流中。天矫蛟龙深入海，神舟冉冉泊天宫，呼吸五洋风。

㊟："天矫"，纵恣貌。《文选·张衡〈思玄赋〉》："偃蹇夭矫，娩以连卷兮。"李善注："夭矫，自纵恣貌也。"

■ 褚水敖

习仲勋同志百年诞辰感赋

举国曾经仗栋梁，千秋大气浩然张。
将才早发英雄胆，社稷匡扶志士肠。
小说蒙冤沦重扼，南天遗爱见高翔。
中华赤子明后继，含笑泉台望炜煌。

㊟："将才早发"，毛泽东早年曾赞赏习仲勋青春才气。"小说蒙冤"，习仲勋曾因小说《刘志丹》蒙冤遭难。"南天"，改革开放之初，习仲勋由中央派往广东任职，为民造福。

陈云同志颂

黎民热切仰青云，伟绩奇勋海外闻。
经济运筹接转战，江山指点重耕耘。
清廉每见丰碑显，操守常令正气殷。
犹借评弹寄情意，声声流露赤心勤。

■ 胡中行

为习仲老百年诞辰而作（回文）

霜风听雨夹鸣蝉，德满功成已百年。
囊探三秦驱骏马，策筹全粤着先鞭。
煌煌气节高青竹，历历声容庄白莲。
光焰富平安盛世，香馨一拜祭崇天。

㊟：富平为习出生地。

■ 聂世美

国庆六十四周年志感

宫灯高挂亮清空，半卷旌旗别样红。
无限江山透春意，一天喜庆醉秋枫。
时平未许称艰厄，生死难猜看变通。
料是闲愁忧患甚，兴衰百代叹匆匆。

■ 范文通

登虞山

癸巳夏与诗词学会同道上虞山，忆及同光帝师翁松禅，曾以强国梦辅弼光绪变法，失败后遂还乡，有《浣溪沙·谢家桥》一阙，以“错认秦淮夜顶潮”述其心志。

江南竹树自丰娆，曾记翁师夜顶潮。
百载中华强国梦，登高喜见胜旗招。

■ 张青云

水调歌头　上海外滩谒陈毅元帅雕像拜谱

申浦供高瞰，沧海看横流。万家生佛欣觌，遗爱入吟讴。梅岭三章脍炙，冬夜佳篇犹记，文采胜曹刘。风度孰能拟，剪烛看吴钩。　　挥劲旅，越天堑，赖筹谋。渡江往事，潇洒缓带与轻裘。从此宵衣旰食，重绘沪江新貌，建设上层楼。仿佛闻川语，镗鞳叱骅骝。

㊟：陈毅元帅乃四川乐至县人，讲话一口川音，宏亮悦耳。

■ 黄 旭

满庭芳　重阳松江登高夜归口占

今日登高，凭栏远眺，尽是秋韵沧桑。柏枫红烁，金谷正飘香。寥廓三吴古地，重阳梦，着实辉煌。松岗外，美人蕉艳，一片好风光。　汤汤，湖野渡，芦花似雪，白鹭低翔。看熹色趋微，告别残阳。夜鸟投林隐去，清风里，月照横塘。廊檐下，蛩声唧唧，丹桂满庭芳。

■ 邱红妹

复兴之梦

九九复重阳，佘山阵阵苍。
开怀迎赋客，追梦共飞觞。

■ 张文豹

水调歌头　中国梦

民族复兴愿，实现启新程。目标确定英明，伟大又光荣。民主文明幸福，富裕坚强隆盛，现代化功成。任重道途远，众志可成城。　近挑战，历艰险，创峥嵘，旌旗高举，当顺沿道路前行。振作精神奋进，凝心聚力实干，出彩皆精英。发展共赢利，合作保和平。

■ 杨　云

沁园春　黄河巨涛

九曲长河，千里滔滔，远上云间。望夹谷壶口，烟云雨雾，惊涛澎湃，万丈狂澜。浪击长空，天崩地坼，倒海排山玉瀑巅。黄龙啸，听凌空骇浪，擂鼓鸣弦。　　中华民族摇篮，五千年，古国文化源。绚烂神州地，英雄辈出，抗倭八年，复国河山。重振长缨，驱逐倭寇，铁血人民壮志坚。烈焰炽，看红旗插岛，高奏凯旋。

■ 周樑芳

沁园春　长城颂

九域苍苍，宇宙茫茫，岁月传承。建长城固土，东安王氏；玉门保境，北拒胡兵。晋地燕山，秦砖汉瓦，千载延绵到大明。春秋雨，洗古墙苍老，峻岭峥嵘。

千年古国农耕，立社稷黎元仁意诚，看长城雄伟，环球赞叹；隘关险要，举世惊倾。博大阴山，中庸戈壁，闻似黄河东逝声。传百世，颂文明华夏，热爱和平。

■ 杨其昌

沁园春　习仲勋赞

立命于民，日月齐辉，圣哲同旋。缅少年起义，青年主政，壮年征蒋，西北功昭。专管宣传，襄帮总理，每事临机主意高。倾心力，作管家里手，鼎鼐谐调。　　频遭劫剑诬刀，致无数伤痕不折腰。面监牢铁栅，从容应对；沧桑乱象，仔细推敲。守住节操，身心苦练，静待时清再弄潮。反正后，作尖兵改革，彪炳蓝霄。

■ 张茂浩

中华三祖堂

赫赫英名立殿堂，人文始祖世飘香。
启蒙碰撞釜山合，辩浊追求华夏昌。
鸿业久安明赏罚，典章长效重农桑。
旷才盛德黎民颂，裔胄弘扬一统长。

■ 陶寿谦

打造丝绸之路经济带

——庆祝国庆65周年

谁持彩练舞神州，每向东风问杰楼。
机制求新营岁稔，奇兵探险接时诹。
金开大善民生钥，玉厚腾飞经济瓯。
最是丝绸生意满，一条天路贯环球。

■ 李　铎

改革开放三十四周年感怀

国运兴隆百业昌，民生裕泰自呈祥。
无妨部分先殷富，更盼全民达小康。

■ 张忠梅

贺神舟十号飞天蛟龙号潜水

一

端午榴花别样红，神舟十号会天宫。
遨游星宇圆新梦，华夏豪情漫碧空。

二

端午家家米粽香，龙舟竞渡鼓声扬。
忽闻海上传新捷，潜水蛟龙下五洋。

■ 刘振华

神十升空感赋

一

航天圆梦又云征，十次升空十次成。
揽月九天酬壮志，问天阁里送群英。

二

才闻奏凯天宫会，又听声声号角吹。
为践复兴民族梦，攻坚克险立丰碑。

■ 廖金碧

中国梦

万里明霞七彩天，花团锦簇竞争妍。
旗开特色春潮涌，路是精诚薪火传。
巧手摹描中国梦，铁肩扛起旧山川。
须除蝇虎勤除草，方立环球梦境圆。

鹧鸪天　毛泽东草书

晋骨唐肌出世雄，挥毫一掷直长虹。笔尖浪起寒江雪，足底云雕大漠风。　雷叠韵，月弯弓，银蛇行草划苍穹。激扬文字流中国，椽笔于今唯泽东。

■ 汀荣清

长寿乡之歌

欲访熙熙耄耋郎，请来绿岛寿星乡。
童颜鹤发精神气，书画棋牌福乐康。
菜在屋前随意摘，粮存囤里放心尝。
问渠哪有长生诀，水洁天蓝国运昌。

■ 袁人瑞

登东方明珠塔抒怀（新韵）

一

屹立东方耸巨标，挺身昂首入云霄。
条条高架穿淞浦，滚滚长江连隧桥。
伟业腾飞歌盛世，天风鼓荡起春潮。
明珠塔上吟眸醉，汩汩诗情唱自豪。

二

拔地擎天高入云，扶摇一跃脱凡尘。
探身银汉星光近，极目瀛洲瑞气深。
歇浦繁华敷锦绣，名都砥柱壮乾坤。
老夫今日精神爽，海雨天风落满襟。

■ 刘喜成

沁园春　秋登上海明珠电视塔感赋

黄浦秋高，绿野牵霞，大象无边。醉江帆阵阵，红荷醒目；塔楼隐隐，紫竹摇天。鱼戏浮萍，莺衔落叶，过往星辰未了然。风光秀，正柳烟几缕，一曲评弹。

难能酷热熬煎。汗多少、无须百姓言。爱湖光细雨，鸥描画卷；街灯远客，鹭点波澜。逐鹿群雄，鳌头独占，独领风骚几百年。当惊矣，喜飞桥高速，胜过仙源。

中国梦·杨浦情

■ 褚水敖

杨树浦水厂

自来水厂说从头，不尽奇观眼底收。
几处木窗惊老到，百年城堡辨新修。
藏身于地凭君探，成事在天为汝谋。
一部悠长流动史，清清亮亮照春秋。

烟囱精魄

上海杨浦发电厂曾有“远东第一大烟囱”巍然屹立。如今烟囱已无踪影，而世人仍时常忆及，赞其足具追求光明精魄。由此感慨，遂起诗兴。

轻烟徐吐化光明，依仗身躯得盛名。
影子已消精魄在，电流不断感恩生。
顶天立地当年事，戴德崇恩永世情。
为物为人同一理，上善若水奏新声。

■ 陈鹏举

旧市政府遗址

城郭人民感慨同，推翻帝政辟鸿蒙。
沧桑不负崇楼立，好吐精诚赋巨公。

原国棉十七厂今文化中心

青春今日似虹霓，棉纺青春已不提。
陵谷悲欢眉底事，都成歌赋付莺啼。

■ 杨逸明

共青森林公园

寻幽小别市中心，岛畔浓浓有绿阴。
栽树少年都已老，共青苗圃变森林。

金缕曲　杨浦采风随笔

结伴寻诗去。又重温、百年市政，百年学府。更有百年工业在，一一家珍细数。绿林茂、当年苗圃。历史风云留旧梦，看今朝，新梦如何续？规划馆，创思路。　宜挥大笔沧桑赋。赏烟光、一桥身影，两环风度。三隧繁忙连四线，拔地千楼矗竖。使骚客、思如泉注。走进校园徜徉久，听书声、不觉翩翩舞。情难抑，赞杨浦。

■ 端木复

渔歌子　国立音专感怀

一

美景良辰上海滩，浦江风月趁渔船。
歌五四，唱波澜，秋思一曲尽悲欢。

二

旗正飘飘恨正绵，玫瑰三愿意拳拳。
怀旧曲，创新篇，心随大海入云端。

三

短笛无腔信口吹，嘉陵江上起风雷。
游击队，垦春泥，全民抗战朽枯摧。

㊟：（1）萧友梅（1884—1940），是中国第一所正规专业高等音乐学府——上海国立音乐专科学校的创始人，《五四纪念爱国歌》、《问》及《秋思》等声乐作品为萧友梅所作，真切传递了萧友梅对祖国的深厚感情。

(2) 著名作曲家黄自（1904~1938），曾任上海国立音乐专科学校作曲理论教授兼教务主任，《旗正飘飘》、《长恨歌》、《怀旧》及《玫瑰三愿》等为其所作。

(3) 贺绿汀（1903-1999），上海音乐学院院长，曾就读于该院前身上海国立音乐专科学校，主要音乐作品《游击队之歌》、《嘉陵江上》、《垦春泥》、《牧童短笛》等享誉大江南北。

■ 胡晓军

飞机楼一九九一年重建追怀

飞机楼状若飞机，心慧工精俱叹奇。
元是积贫积弱久，偏当救难救危时。
粉砖枉负凌空志，焦土横陈着实悲。
重建而今何所虑，长天赖有鹘鹰姿。

㊟：“鹘鹰”，是国产最新第二代隐形战斗机歼31的绰号，2012年试飞成功。

少年游　聂耳

销花英气，补天猛志，争可等闲看。笔谱强音，指挥大众，热血荐轩辕。　申江水，东流无语，曾为惜华年。一曲高歌，不应有憾，如是好江山。

少年游　国歌

怒涛红帜，惊雷高吼，乍起浦江边。锤镰麾下，工农浴血，并力斫三山。　昨夜肃听进行曲，低首忆先贤。今日齐歌进行曲，期来者，领先端。

■ 茆　帆

拟竹枝词咏杨浦

一

杨浦风光触处新，花团锦簇玉镶银，
俯看云下堪能似，踏浪扬波一巨轮。

二

杨浦风光触处新，沧桑前事巧传薪。
工商科教齐融合，快马当先已绝尘。

三

杨浦风光触处新，宜居创业两相邻，
旧时棚户寻无迹，放眼窗前尽绿茵。

四

杨浦风光触处新，文明工业镇千钧，
如今借得青云便，知识生成妙转身。

■ 胡中行

藏头为杨浦而作

知秋一叶听风雨，识物观天万里霞。
杨树路南灯灿烂，浦江桥北月光华。
魅由景出重重味，力自民生处处花。
无数精英高校里，穷通妙理在桑麻。

复旦大学中文系

寿添九秩岁轮稠，六欲从心任意游。
老骥萧萧动天地，幼鹏习习富春秋。
百家携手同登甲，诸子传灯几易楼。
日月光华看复旦，异端同道合相谋。

王孝和

识君应在少年时，匿迹销声亦可悲。
三道遗书三滴泪，个中委曲有谁知？

■ 姚国仪

示敬产业工人

峥嵘岁月忆犹新，归去斜阳已满身。
黄浦涛声似传语，莫忘风雨共舟人。

中国梦杨浦情

凤凰今日欲腾飞，一啸冲天天助威。
杨浦情连中国梦，长城内外竞光辉。

■ 邓婉莹

临别赠复旦

越鸟啁啾夏荫长，芝兰竞秀满庭芳。
曦园竹影频经梦，书苑琴声几绕梁。
时雨从容化桃李，卿云自在焕文章。
骊歌一曲飞觞尽，振翼沧溟万里翔。

■ 张青云

杨浦区印象

浦开杨树话沧桑，带海襟江一脉长。
商厦星罗生景运，黉宫林立焕文光。
车流匝地三门路，人气喧天五角场。
丽概雄姿书不尽，骎骎神骏正腾骧。

观杨浦区城市规划短片喜赋

壮猷硕画起蓝图，风正帆悬道不孤。
早见扬蹄驰沃壤，又看振翮上康衢。
体文合璧千葩燦，科教联珠万木苏。
知识创新春永在，嫣红姹紫蔚通途。

■ 杨秀丽

杨浦规划图

凌云大气夺天工，景与心通笔亦通。
已见诗情融画意，分明绣凤又雕龙。

校园小吟

上海理工大学前身沪江大学，当年被师生誉为“我们的大家庭”，感而有吟。

沪江大学大家庭，漫步芳园侧耳听。
今见阶前花草茂，与人日夜可温馨？

■ 丁德明

记杨树浦包身工

一

世人尚在梦乡中，夜色街灯雾正浓。
急促笛声催进厂，晨曦懒懒尚微红。

㊟：旧社会工人每天劳动12~15小时，当时杨树浦流传的回声歌可见一斑。

二

包身卖契越三年，依旧欺凌受毒鞭。
苦难童工流血泪，不知何日出深渊。

■ 李建新

参观杨浦区规划馆

百年多少梦，规划变成真。
精彩新思路，归功杨浦人。

参观杨树浦自来水厂

自来何处水？吮吸大江波。
百岁深池里，甘纯乳汁多。

杨树浦水厂平台望黄浦江

春申江不老，是我母亲河。
风浪绉纹在，依然美丽多。

■ 邵征人

赞首届上海市民艺术节书法大赛

“首届上海市民艺术节书法大赛”是杨浦区政府在积极建设国家创新型试点城区、建成先进文化弘扬地与品质生活示范区进程中，承办的市级重大项目之一。本次大赛展品四百件，有感作藏头诗记之。

市民书法春潮比，民众挥毫逐浪峰。
书艺草行正篆隶，法源颜柳赵王钟。
展于工厂窗墙间，览在园区竹影重。
杨浦转型兴旺现，浦江文化气氛浓。

■ 王 曦

雨中观杨树浦自来水厂

百年花草竞芬芳，绛瓦青墙衬厂房。
绿影清新风带雨，鸟鸣婉转现犹藏。
汤汤江浦争归海，汩汩清流自在香。
生命之源原是水，人文历史最深长。

■ 周洪伟

赞知识杨浦

江边百载孰争优？学府巍巍堪一流。
科技称扬数营造，人文瞩目比红楼。
纷纷桃李惊寰宇，济济高才遍九州。
圆梦中华应有日，杏坛勋业颂千秋。

■ 张立中

转应曲　杨浦高校

杨浦，杨浦，大学春申翘楚。名园世纪同龄，昌隆教育市兴。兴市，兴市，培养青年励志。

南乡子　杨浦国歌纪念馆

怒吼发申江。血肉长城万里长。敌忾同心驱日寇，豺狼。民族之声万古扬。　国曲馆珍藏。辟地开天第一桩。杨浦情融中国梦，图强。再铸辉煌耀八方。

■ 曾小华

踏莎行　致敬杨浦

萦梦乡闾，牵魂杨浦。旧颜新貌知何处？无由情怯问迷途，莺啼柳岸春风渡。

沧海掀波，智山探路。涅槃火凤心思悟。飞云泼墨绘宏图，百年故里欢声滑。

注：“智山”，佛教语，比喻超妙的大智慧。

■ 陈繁华

赞杨浦

智慧滨江望出神，九棉创意踏飞轮。
四平路上风华茂，五角场边气象新。
宏业同期中国梦，小康应纳外乡人。
城东今日多佳景，满目林阴四季春。

燕归梁　杨浦新貌

商业腾飞五角场，时尚又隆昌。滨江沿岸沐长阳。有桥隧、利平凉。　　时依科技，持恒创意，高校助工商。三区联动体系强。抓机遇、续辉煌。

■ 施提宝

满江红　梦圆中华情寄杨浦

华夏千秋，曾造就、几多英烈。看今日，炎黄子嗣，志坚如铁。发奋圆成强国梦，决心建设瑶台阙。到那时、春色满神州，全民悦！　　长街靓，枝萌叶。高楼耸，檐含月；赞美兮杨浦，地灵人杰。秀丽家园光史册，和谐社会书新页。任前途、坎坷砌云天，皆攀越！

㊟：瑶台阙，瑶台银阙，装饰华丽的楼台宫阙，此处借指居民社区。

■ 沈钧山

水调歌头　杨浦大桥

构筑水云际，赫戏陟升皇。雄姿峻挺昂首，阔步起重阳。袅袅秋风萦抱，滟滟江波喧笑，朝霭喜开光。烨烨碧空丽，歌舞播清芳。　竖琴弄，斜弦拨，奏宏章。神仙莫不惊诧，人世有辉煌。灿灿霓旌飘拂，隐隐云车驰越，巨舶任穿航。今日苍龙跃，刮目看东方。

㊟："赫戏"句用《离骚》语："陟升皇之赫戏兮"。"重阳"：杨浦大桥通车日为癸酉年重阳节。

■ 沈　毅

歌唱杨浦

万源共一创谐和，示范城区美景多。
杨浦情圆中国梦，天欢地颂唱新歌。

清平乐　杨浦情

百年杨浦，繁衍流源古。今看城区新型路，万户辉煌惊顾。　人文兼茂群文，唱吟宾主难分，不是豪情一个，焉能赞语斤斤。

■ 束志立

沁园春　中国梦杨浦情

百载光阴，地覆天翻，一派瑞祥，忆列强凌辱，哀鸿遍野；秋镰怒举，赤帜高扬。浴血关山,东瀛授首，推倒三山慨而慷。雄狮醒，看神州焕彩，浦水汤汤。　　东方追梦煌煌，引杨浦精英竞奋强。喜工商并举，教科齐进；衢宽楼耸，物阜民康，体育星辉，旅游名胜，五角通枢畅八方。创新地，展申城风貌，鹏举腾骧。

■ 李枝厚

杨浦桥上晨眺

滚滚长江千里来，滔滔东海破天开。
霞辉叠嶂东西岸，轻拔风琴意满怀。

临窗极目

两岸高楼楼外楼，一江碧水向天流。
千帆满载人间爱，来往匆匆春与秋。

■ 沈求洁

我心杨浦情

青杨二浦早知名，书画连音岁月迎。
五角场周巡袂迹，一文园里语丹青。
今朝把臂联吟秀，明日波涛烟雨凌。
我怀吴松江畔梦，晴空万丈墨缘情。

注：(1) 青浦、杨浦、黄浦曾结约“三浦诗书画常期交流展览”。

(2) 青浦曲水园又名一文园，“三浦书画展”在园之西得月轩画廊展出。

■ 夏春镗

复旦

桐阴引路阵风凉，白宇红楼两得彰。
曾梦秋风容鬼魅，又观春雨涤锋藏。
雪帆亲掌经伦舵，杨浦重开日月章。
我盼天公频发力，栋樑遍及太平洋。

㊟：(1) 复旦文科楼称白楼，理科楼称红楼。

(2) “雪帆”，系我国著名教育家陈望道(1891.1.18~1977.10.29)的笔名，浙江省义乌人氏，1952年起执掌复旦，历时25年。

同济

百年高校似神殿，科技人文入我门。
瘟散李庄人气在，道闻学府大师存。
古今建筑垂青史，上下洋沟访虺痕。
遥望浦江沿地绿，乐迎申沪节能邨。

㊟：(1) 同济抗战时内迁宜宾李庄。当时李庄发生一种叫麻脚瘟的怪病，重者可致死亡。

(2) “蛟龙”号试验性应用航次中，共开展了十次载人下潜，同济大学周怀阳教授是乘坐“蛟龙号”深潜的中国首位科学家，先后下潜了三次；我校海洋学院的杨群慧副教授也搭乘深潜，成为首位女乘客。

■ 李鸿田

颂转型中的知识杨浦

百年韬树出翘楚，十里滨江马首东。
日月光华恒旦复，春秋气象不芳同。
人才横溢楚天舞，桃李绽开秦树红。
歇浦奔腾今笑海，激流飞棹乐无穷。

■ 陈　彬

题大杨浦

孝和电光祛魔魅，风云杨浦见青天。
千秋大业有名校，林立厂区无烬烟。
纺女飞梭靓世界，大江清氿活心甸。
码头迎送全球福，工学农商万事全。

■ 陈剑虹

致杨浦纺织女工

小街夜雨润酥眠，缟袂纺娘梭舞前。
胸有卿云编锦绣，手持彩练创华篇。
领骚霓羽半生迈，建极绥猷十万迁。
霾散市繁琼宇起，叹年光逝笑依然。

㊟：霾散，指林立众多的工业黑烟囱的消除，使杨浦的天蓝了，空气清爽了。

■ 张聪芬

行香子　新江湾城公园觅凉

酷暑张狂，欲觅清凉。江湾苑，野趣徜徉。疏疏竹影，碧碧荷塘。看蒹葭翠，锦鳞游，纸鸢翔。　莲风习习，黄鸟悠扬。栈桥上，异卉飘香。休闲胜处，小睡傍桑。梦梅花雪，桃花雨，菊花霜。

渔家傲　国歌诞生地杨浦区荆州路405号

奴隶起来惊大地，吼声霹雳天地逼。田汉聂耳联袂意，传真谛，风云儿女堪磨砺。　唤醒睡狮驱虏敌，铿锵雄壮风雷激。血肉长城坚似壁。扶神器，凡人凡地须铭记。

海上诗潮

■ 陈鹏举

重九友人小聚

太白轻重九，少陵悲远游。
今朝闻换季，何处见清秋。
汉室三都赋，秦坑几颗头。
雄风正起矣，猿鹤怯登楼。

华亭湖口占

三十功名谁与期，白头待见太平词。
湖山依旧人非旧，正是神州入梦时。

贺兰山岩画题照

有鸟三年曾不飞，贺兰山缺一相违。
半春湖海鸭头绿，上古斜阳虎目晖。
欲结山盟将远驾，空言海誓忽忘归。
谁人往日淡描划，看取今生心事非。

偶成

谁人知我泪沾襟，辛苦来寻度海针。
行似猛禽衔宿命，静如少女展初心。
北齐化佛幸千石，西蜀通途摧五琛。
如水秋凉寂寥甚，正低眉处晓星沉。

■ 杨逸明

谒遗山墓园

笔阵排天耸大杨，远山奔马赴高墙。
土堆作墓留千古，诗刻成碑满一廊。

英气已埋吾不信，酷评虽起尔何妨！
书生青史添佳句，都是中华柱与梁。

访傅山园

几间旧屋傍山幽，一一推门作访求。
窗下茶杯犹似热，炕头书卷未曾收。
磨盘上坐天将夕，水井边吟树已秋。
遗憾先生恰离去，小园随处屐痕留。

登雁门关

雁门雄险一登攀，千古兵家争此关。
日色肩头添上重，秋风心际透来寒。
群峦入梦追唐宋，万木挥毫点翠丹。
只愿从今华夏土，无须垛堞保平安。

游老牛湾堡

攀登古堡作环游，九曲黄河一览收。
山势竟教天欲堕，水形浑遣地能浮。
岸边人立如纤草，谷底涛奔似犟牛。
骚客自惭方寸窄，小诗无力挽狂流。

■ 莫　臻

曲成

云立剑门阁，湖山一望收。
少年姜尚至，万古圣贤谋。
治水通南北，求鼎贯春秋。
佛道同归路，曲成叹卧牛。

摸鱼儿　曲成解

尚湖烟雨虞山靠，迷茫些许玄妙。皆云渭水飞熊梦，何论子牙曾到。说亦老，可见少、青萍雨打漫浮躁。北方洪浩。父命重如山，青春似火，南下海隅早。　剑门破，饕餮出洞狞笑，青州宝鼎颠倒。虞公指点昆仑雪，月桂枝消狂啸。归天道，奉师命、玉虚宫里重深造。四十速了。七十二出山，欲投明主、渭水自悬钓。

■ 刘永翔

六六贱辰次门人贺诗韵

此生浑未利名牵，惟愿斯文一脉延。
桃李圃甘劳毕世，桑榆景已逼残年。
终看绝学兴横舍，喜诵清诗在寿筵。
六六不须须七十，同君把酒咏青天。

诸君宠赐寿诗叠韵赋此鸣谢

唱酬诸友最情牵，大雅端凭格调延。
不向枫宸歌圣代，却来蓬户祝遐年。
赏诗依有麒麟阁，待客家无玳瑁筵。
颂祷太高吾岂敢，神州文运卜回天。

三叠敬谢友人祝贱辰诗

岂缘宠辱未心牵，老病犹堪一命延。
万劫遭曾逢畏日，寸才展已到衰年。
宁求海上长生药，焉有人间不散筵？
多谢诸君频颂祷，彭殇通塞本由天。

■ 汪凤岭

常熟行

一、姜子牙

愿者上钩皆逝波，不劳渭水助腾挪。
尚湖亦有家山色，坐钓白云烟柳多。

二、黄公望

六百年来一画图，悠悠写满有和无。
写青滩外心居里，梦笔依稀近太湖。

三、钱谦益

削发东林浪的名，两朝长袖带风轻。
虞山放眼青青柳，妩媚南天属晚晴。

四、翁同龢

帝师帝党说凭空，山雨已飘花舫东。
清纸风云看不尽，此翁落墨共和中。

■ 端木复

行香子　秋游杭城

癸巳秋，兄弟相聚杭州，游西湖、西溪、虎跑有作。

一

携手湖滨，知是何人？老兄弟、欢聚犹亲。喜游西子，笑语频频。看紫微芳，金桂密，白菊新。　虚名浮利，辛苦劳神。一挥间、花甲之身。那堪一枕，回首红尘。叹瓶中花，雾中月，水中云。

二

桨摇蒿撑，景色相迎。傍芦苇、曲水浮萍。生机野趣，鹭舞禽鸣。过水杉林，老柿树，古青藤。　　闲行蹊径，信步园亭。西溪美、气爽神宁。天然秋苑，风鼓波横。对一杯茶，一支曲，一湖星。

三

龙井生津，虎跑甘醇。慧禅寺、赏景欢欣。轻黄暗淡，花满枝生。是香微来，风微送，人微熏。　　济颠活佛，护法通灵。李叔同、就地成僧。山崖滴翠，茶盏晶莹。享观泉趣，听泉乐，品泉兴。

■ 胡中行

次韵贺寂公六六寿诞（藏头）

敬顺崇天众念牵，贺诗千叠势绵延。
寂为上品左丘说，潮本无涯彭祖年。
先圣五灯传细脉，生民一处聚华筵。
寿高方到山腰处，诞日应添六十天。

祝贺圣缘方丈荣登宝座（藏头）

圣代梵音传盛事，缘来钟磬识天涯。
住心听雨闲观水，持杖望云静喫茶。
荣庙经闻香贝叶，登楼步见妙莲花。
宝瓶甘露随杨柳，座上缤纷七色霞。

■ 姚国仪

自寿

万里海天收布帆，一身烟雨湿衣衫。
黄花明日开清境，白发来年卧翠岩。
快意江湖千斛酒，多情岁月几封函。
笑谈雷电风霜雪，回味酸甜苦辣咸。

红豆

南国佳人独倚栏，袖藏此物忆悲欢。
三生誓约言犹在，一世情缘泪已干。
闲坐偏怜春雨歇，相思直到夕阳残。
只今红豆无须爱，富贵何如植牡丹。

■ 姜玉峰

恩施归来酷热

梅消酷暑即逞凶，日夜如蒸炉灶中。
午后出门路烧脚，车前驻足气排空。
恩施会拓千川阔，沪渎渠开百舸通。
已把艰辛遗度外，痴心堪笑一愚公。

聚宴

酷暑教人少出门，却应诗友酌清樽。
晒头斜戴宽沿帽，灼脚专挑厚履跟。
遁下站台乘地铁，潜来酒店侃乾坤。
畅谈忘我何来燥？似觉周身少汗痕。

度暑

热浪长摧上海滩，房门紧锁自寻欢。
渴尝绿豆清心粥，晕服丹参补脑丸。
白石梅兰供逸悦，乐天诗赋奉甜酸。
欲知肆虐何时了，遥问柳州祈雨坛。

立秋

立秋沪上无秋韵，秋雨秋风似绝尘。
罕见高温新纪录，久违清气旧时辰。
难当酷暑魔频恶，不减真情友倍亲。
鸿雁纷飞遥唱和，潜心静待道高神。

■ 聂世美

癸巳中秋望月

凉风一夕起，碧树渐飘零。
玉璧中天挂，清辉四处盈。
朋亲此夜重，杯酒独谁倾。
千古婵娟好，幽幽寂寞情。

奉酬鹏举兄次重九友人小聚韵

黄菊一枝插，未随陶令游。
霜天看雕碧，云野叹飞秋。
意懒称人事，音疏问鹤头。
知交或相见，歌哭醉西楼。

㊟：“鹤头”，《诚斋杂记》：“鹤头书，古者用之，以招隐士。”

■ 范文通

登华山

半车残卷入秋胜，五岳游来未敢矜。
底事山阴多暗首，登峰为借宝莲灯。

过孟良崮

陕西人张灵甫曾读北大历史系，后投广州黄埔，一九四七年五月兵败自戕，遗冢现迁入浦东玫瑰园；壬辰秋，余自邹平轻车经莱芜、蒙阴抵孟良崮，当年战场已辟为游乐场，行色匆匆，未及崮顶，遂赋七绝三首以纪之。

一

抗倭守土显威灵，习史京华在壮龄。
不记当年三国事，孟良再演失街亭。

二

棋行变局乱如麻，妙计成空莫自夸。
百万兵民人海战，中心落地岂开花。

三

丽日和风群雁回，遥看摩顶指挥台。
游人不见刀光影，少妇浓妆携幼来。

都江堰诗会步张天健教授原韵

惊世震摇祸降头，川人刚烈泪痕收。
已闻再建二王庙，早见翻新一样楼。
华夏涅槃集神鸟，军民救助胜封侯。
浮云玉垒今无异，江堰潮平日夜流。

㊟：附张教授原作“仙凡无界堰西头，锦绣堆成望眼收。奎塔珠连璎珞火，廊桥光幻水云楼。蜀城穷尽千雕手，曲巷堪居万户侯。大震归来迷旧路，依稀玉垒抱前流。”

■ 王铁麟

癸巳秋夜重检旧稿《九歌新译》

曾经薜荔女萝披，怀石空教白芷期。
兰珮余香膏已沐，婵娟望水露难羁。
夫人已送湘君远，司命难寻太一羲。
楚吟古今应自得，嗟何回首梦丹墀？

㊟："夫人"，湘夫人、湘君系配偶神；"司命"，大司命、少司命系命运神；"太一"，东皇太一系太阳神。

题雅雅藏谢小珮《小鸟杂花图》轴

一

翎毛难得是天真，彩石红云翠玉唇。
雉尾惊残月前露，枝头我自鸣新晨。

二

窗外鸣乌未有缘，隔江渔火五更烟。
前途若有云天阔，纸上春秋亦月圆。

癸巳四月偕慧蘋游滇西双廊得俚句三首兼赠蛮儿

一

渔村瓦屋叠檐来，老女披红坐石台。
长发飞云闲自得，烛红摇尽八旬才。

㊟：八旬者，双廊名人，修身，长发垂肩背，有名言曰：余不读书，岂不功成。

二

纷纭茶色酒微红，雨唱墙纹皆不同。
日落频催云五色，一行黄犬卧西东。

三

古巷丽人归不得，轻舟碧水对天横。
如今日月苍山道，谁是双廊第一人？

■ 蔡慧蘋

云南三章

醉花荫 蛮儿双廊七间房

半壁图书双曲路，蜗角天梯步。浓郁小咖吧，绿荫茶香，人在神仙旅。　长窗极目金鳞数，听得风中语。叠翠点苍山，沉醉行宫，莫问云归处。

柳梢青　双廊

高柳婆娑，殷红绛紫，一路梅花。浩渺波摇，苍山雨过，天际金霞。

红襦白发坐台砸，满银饰，家常嗑呱。彩壁青墙，朱门半启，普洱家家。

烛影摇红 丽江束河古镇

脊角飞檐，柱木红，石板青，悬鱼过。浓阴飘雨二三丝，端的天如锁。　　长鼓芦笙叠和，听叮咚，雕鞍客驮。笑牌楼下，硕犬当街，酣然斜卧。

㊟："悬鱼"，纳西民居，挂悬鱼以辟火与祈福；"长鼓芦笙"，长鼓为非洲引进手鼓，葫芦笙是纳西本族的乐器。

■ 徐勤才

长青白玉兰

洁身自好似瑶琼，心有清泉水一泓。
一旬花开成窈窕，四时叶茂势峥嵘。
新枝敦实丰姿雅，老杆葳蕤气度宏。
相伴流莺闻百啭，深庭大院向繁荣。

近闻玉峰兄读西昆酬唱集有感赋此兼寄

昨夜依稀梦鬼魂，桃花野渡唱西昆。
挑灯读剑心生忿，飞雪迎春喜满门。
身世卑微知冷暖，天恩浩荡报乾坤。
回眸江海思潮涌，长袖飘飘沾泪痕。

中原行

中庭望月自悠然，久别京华忆少年。
俊杰缘留洛神赋，骚坛终见状元篇。
喜闻同道逢君子，巧遇真人识大贤。
神庙禹王今尚在，何当重返醉清泉。

㊟：我国八大古都，河南有四；郑州登封为夏都，相传有禹王治水宗庙；《洛神赋》乃曹植因情缘而作；开封乃北宋都汴梁，传有殿试佳篇；王安石、司马光、苏轼虽政见不一，但惺惺相惜，传为美谈；欧阳修、苏轼皆为北宋文坛一代宗师，为后人敬仰。

满庭芳

敬步"眼直银屏"原玉，答谢立挺兄惠赠《剡溪集》

荠菜花香，松江鱼美，佳朋雅聚尝鲜。酒醇肠热，慷慨少年言。窗外寒风凛冽，镜湖上，袅袅青烟。谈工作，青春奉献，哪个重铜钱。　当年。豪气在，春风结社，情暖心田。赖今宵兴会，捧读宏篇。明日登临送目，共携手，拜访高贤。重阳节，东篱把酒，潇洒向长天。

■ 曹志苑

黄公醉写

远山桥底一炊烟，溪水无眠梦古年。
月洞如同圆镜子，黄公醉写映湖田。

㊟：黄公，即黄公望。

千岁客莲

拂水红菱果树前，空无当下尚湖边。
百年一觉羞言少，千岁来回渡客莲。

■ 王家林

豫园老戏台

豫园深处旧尘埃，画栋雕甍古戏台。
悲喜人生频演绎，丝篁盈耳又重来。

嘉定竹刻

石随篑起嶙峋立，水应青削着意流。
锋刃吐芳传锦绣，一溪文脉泛轻舟。

金山农民画

北去天津杨柳青，南来上海走枫泾。
民风民俗民间写，双卫并推两画屏。

㊟：天津杨柳青和上海金山枫泾，系津沪两地的古镇，均以出年画而著名；双卫，即指天津卫和金山卫。

镜泊湖老鹰山

南客夜来北海眠，醉吟庄子大言篇。
风抟九万翻羊角，羽化鲲鹏驭昊天。

㊟：镜泊湖为当今最大的高山火山堰塞湖，湖中老鹰山状若大鹏展翅；大言篇，此指庄子《逍遥游》；羊角，旋风。

■ 黄 旭

秋赏玉簪

秋窗明月下，欣赏玉簪花。
肌白荆山璧，香馨珪谷霞。
婷婷云鹤立，嫚嫚叶茎华。
不弃轻吟客，迁移入我家。

索句

一块破山兴福石，千年古寺逐风流。
赫然常建名吟在，不敢班门弄斧头。

钱柳佚事

终然往事越千年，不屑江南常熟钱。
昔日清风何处去，悠悠湖岸柳如烟。

古猗园七夕重游

七夕猗园蕴翠霞，明空当月赏荷花。
幽篁道上秋风逸，不系舟边古柳斜。

■ 邱红妹

喜闻

常熟吹诗雨，云开解暑风。
尚湖文友会，涛韵泛长空。

朱家角雨中泛舟

拨开空翠棹歌行，点点连漪伴我轻。
画舫穿梭迎面过，哈罗逸是笑声盈。

小浦银杏林

明媚金秋十里行，千年白果妙龄情。
纷飞黄蝶迎宾客，跳越流莺间树鸣。

■ 孙 玮

风车

巨臂接苍穹，长身据要冲。
经寒终不倒，惯会辨来风。

再到常熟

曾为乌目客，几度尚湖游。
拂柳烟如是，熏琴月欲浮。
东南多毓秀，吴越自春秋。
吕望今安在，可作稻粱谋？

崇明江畔晚眺二首

一

大江奔日夜，到此敛横行。
顿挫生烟渚，盘旋起鹭莺。
稻黄千里浪，芦白满池苹。
薄暮惊邻笛，长风待月明。

二

馀晖辞旷野，古渡剩荒荆。
冷月催霜雁，秋风老白苹。
新诗多淡忘，旧梦转分明。
木叶迷归路，何途觅落英？

■ 傅 震

咏荷

洛神波上袜，居士号中魂。
翠出淤泥泽，此香归佛门。

注：温庭筠《莲花》诗中有“应为洛神波上袜，至今莲蕊有香尘”。李商隐有咏荷诗“都无色可并，不奈此香何”。

咏枫

丹叶晓霜冷，邻君花色穷。
浔阳愁夜客，爱晚坐诗翁。
方饮樱桃酒，又歌高野虹。
相思几重远，一片暮帆中。

㊟：(1) 1980年秋，新婚蜜月赴北京西山赏枫，于樱桃沟对饮二锅头；2012年秋携妻赴日本高野山赏枫，三十二年转眼间。

(2) 谢灵运《晚出西射堂》："晓霜枫叶丹，夕曛岚气阴。"白居易《琵琶行》："浔阳江头夜送客，枫叶荻花秋瑟瑟。"鱼玄机《江陵愁望寄子安》："枫叶千枝复万枝，江桥掩映暮帆迟。"

满庭芳

癸巳中秋夜，应婉莹诗友之邀，往天蟾舞台观看上海京剧院音乐剧《月光下的行走》。京剧韵味汇融于古典诗韵，唤回了我们寄托在一轮明月中的文化记忆，重温了乡情，爱情，亲情和忠孝之情的可贵。填《满庭芳》一首，以记之。

千句诗文，万般情愫，中秋吟月清圆。地霜惆望，鬓白问乡烟。雁去衡阳寂寐，伤心处，羌管声怨。寒宫悔，星沉烛影，银海渡无船。　年年。游子泪，线牵慈母，寸草春泉。怎不当归也，辛郎剑翩。行者时空穿越，天蟾唱，急板柔弦。丁香结，杜康难忘，今古共婵娟。

■ 邓婉莹

西湖荷花

清波深处取为家，朝看流云暮听蛙。
翠幛铺成遮锦鲤，红衣舞罢对汀葭。
六桥明月惊幽梦，一夜霜风凋玉华。
莫向枯枝啼别泪，经年又是半湖花。

夜雨书怀

重温徐克笑傲江湖，逢秋雨潇潇，感而作之。

人生何处不江湖，一步天涯旧梦疏。
弹剑长歌辞玉阙，倚琴独酌卧林庐。
非关风月花开落，莫问去留云卷舒。
忽报秋池寒雨至，芭蕉半展此心初。

■ 钟　菡

无题

盼回春日又愁春，蜂蝶无端扰十分。
子夜暗啼山鬼句，日长闲梦汉江云。
欲修蓬鬓为荆妇，羞唱菱歌对鄂君。
更恐舟移难复见，背风偷紧绿罗裙。

咏含苞白荷

偷借江南四月风，一枝先占碧塘东。
水深不许蛮童采，叶密难寻短棹通。
欲舞夭身身太小，强妆冷面面先红。
绿云偏绕萧郎腕，何似闺中两鬓蓬。

遣怀

梦觉难寻金缕衣，满庭飞雪入窗帷。
沧桑一叶皆如是，迷惑三生未识非。
红粉屏风粘蝶翅，回文锦缎死蔷薇。
世间冷暖谁知水，更远更行人不归。

阮郎归

落花天气压重檐，雨风长不占。多情薄幸一身兼，梦中人两三。　　望北雁，滞江南，醉来孤影寒。四时佳景那曾贪，欲归心未甘。

■ 褚建君

秋意

天寒睡意浓，枕上听秋风。
暗虑饥鸣鸟，难寻蛰伏虫。
园庭多落叶，阡陌又飘蓬。
远去一行雁，翻飞残梦中。

秋池

池塘风起正清秋，菡萏亭亭开未收。
曼舞烟波十里阔，巧书宫阙万般柔。
灵根自古无遗恨，禅意由来不识愁。
一片雨声如约至，谁人共我弄扁舟。

归故里

浦阳江畔小农庄，听取蛙声一夜长。
飘忽心头年少事，隐辚月下旅中觞。
空怜秋水似流水，更叹故乡成客乡。
西子有情归旧国，阿能陌上弄蚕桑。

■ 沈护林

国粹流香

随央视戏剧频道与中国京剧网，应美国博兰文化交流中心之邀，在纽约喜来登大酒店，举行纪念周信芳梅兰芳京剧大师暨京剧研讨和演唱会圆满成功，赋诗记之。

艺术寻芳韵最长，千秋醉酒诵华章。
跑城万里谁堪比，赴美交流国粹香。

注："醉酒"，指梅派名剧《贵妃醉酒》；"跑城"，指麒派名剧《徐策跑城》。

中秋夜吟

此行万里，寻梦京韵，正值中秋，夜不成眠，遂吟一绝。

分享清辉怀古风，心追明月梦寻踪。
皮黄唱响知音赏，国粹全球迷恋中。

庆国庆龙华雅集

九月卅日，庆国庆龙华雅集于大雄宝殿，前辈名家云集，朗诵艺术演绎人生，名篇再现，心灵震撼，令人陶醉。

临风香桂迹堪寻，胜景幽思贯古今。
极目沧桑须记取，登高一啸托清音。

■ 龚伯荣

读《岳阳楼记》

衡岳晨曦艳，湘江碧水流。
临风云岭秀，击楫洞庭悠。
若问千年故，应知万事由。
书生忧与乐，尽在岳阳楼。

长阳抒怀

旅燕徘徊故里坊，归来不识旧时堂。
春花烂漫长阳路，百姓人家已换装。

相见欢　立秋

癸巳立秋，依旧高温，酷暑难消，填词以记之。

午时云淡蝉娇，噪声遥。千里东南依旧暑缭缭。　秋已立，夏难去。几时消，唯有清风吹过雨潇潇。

■ 姚梅乐

虞山尚湖

远处虞山近尚湖，清新画卷眼前铺。
水天一色林辽阔，桥影多重月复苏。
奇卉争妍花结队，珍禽嬉戏鸟相呼。
游船逐浪欢声起，共祝人间气象殊。

■ 丁德明

泉城老街

长街老巷品尝多，小吃佳肴味如何？
炉内烤成夹馍肉，关东煮了对虾婆。
沁心冰镇青啤酒，满耳花腔鲁调歌。
一步三吟骚客醉，芙蓉路上梦娑娑。

济南曲水亭街

乌龙饮罢下茶楼，细雨穿街好个秋。
桃木对联红漆字，粉墙青瓦古门头。

窗前户户清溪绕，檩下家家绝句留。
听得山东棒子唱，更添小巷曲亭幽。

趵突泉

趵突碑前客似潮，朱亭绿柳伴廊桥。
一池碧水天天冒，三叠银花冉冉飘。
有力已教堤坝裂，发威宛若地宫摇。
二盅大碗茶过肚，满腹珍珠胜酒肴。
注；大碗茶均为趵突泉泉水沏煮。

■ 邵征人

秋夜即兴

癸巳中秋节前夜，在逸夫舞台观赏了一台由上海京剧院演出，融合诗词、书法的京剧音乐剧场《月光下的行走》节目有感而作。

翰墨诗词京剧秀，中秋爱意托思铺。
唱吟委婉听田慧，念白清扬看佩瑜。
同伴奇葩腔板亮，诸生国粹步身趋。
豪情兴咏新颜目，来岁重观联璧珠。

■ 刘鲁宁

重游尚湖

湖山漠漠雨如纱，飘渺楼台几处斜。
欲辨曾经来去路，风中青叶水中花。

送友人回鲁临别寄赠（新韵）

半世舟中博浪身，十年海上调头人。
空枝流水休相羡，我有浮花你有根。

答老同学（新韵）

问我同窗忘记无？少年青涩未生疏。
近来心境应稍变，已近茶壶远酒壶。

次韵杨逸明老师癸巳谷雨与诸诗友龙华寺塔影苑小聚

树送清风抚小窗，北南词客聚禅堂。
逢春烟雨微微翠，入口茶汤嫩嫩黄。
一脉精神同筑塔，千年气骨独尊唐。
归来彻夜斑斓梦，应是心花别有香。

■ 陈　诺

品尚湖

远树黛烟浓，近萍泊水融。
拈云莺出谷，掠水燕惊风。
画舸晴波上，弦歌雾霭中。
无期日还月，荏苒雨烟丛。

尚湖诗香

青山绿水洗心尘，岚雾飞崖锁剑门。
九曲弦歌关不住，诗香煮酒尚湖村。

尚湖人家

草拥小溪曲径遐，丘围绿岸野人家。
桃源莫道无知己，我共清风醉晚霞。

烟雨尚湖

凌波水榭叠苍茫，烟雨尚湖乐未央。
万顷和吟稠墨韵，名家辈出喜登场。

■ 臧炳申

尚湖遐思

云崖飞白瀑，烟雨竹林风。
轻梦眉间过，诗笺寄翠蓬。

尚湖吟

近叠云楼远叠烟，长风扶梦水山连。
诗牵尚父谁行令，吟到蓬莱都是仙。

■ 金持衡

黄山市唐模景区许承尧故居

铭德堂边仰旧居，田园山水古风余。
晴窗寄傲尧心意，璞玉雕龙郢匠书。
本愿回思留笔底，却从记忆化红蕖。
先生亮节励人世，博学宏词两不虚。

梅花

诗人代代咏梅花，各俱风情莫漫夸。
雪后园林惊岁晚，水边篱落绕天涯。
笛吹远曲还多怨，风送清香犹可嘉。
我爱梅花梅爱我，相携踏月共流霞。

读吴定中翁墨缘吟稿

崎岖世路感冰霜，读罢墨缘诗几行。
步韵骚坛闻户外，纪游古泽振朝阳。
德龄增似浦江水，福寿添如梅雪香。
草木城春怀李杜，嫣红姹紫绽繁芳。

■ 卢景沛

癸巳中秋望月偶得

多少神思多少奇，千重幻想万重谜。
疑团亘古今终解，原是石头原是泥。

题水乡村居图

河水清幽绿柳斜，晚风轻拂看归鸦。
修篁深处一茅舍，胜过高楼千万家。

一剪梅　咏西施

故里苎萝江水长，有女许身，为复家邦。馆娃宫内侍吴王。假媚佯欢，心黯神伤。　　谋就功成霸主亡，鸟尽弓藏，文种诛丧。范蠡远虑走他乡。佳丽堪怜，魂落何方？

㊟：吴王兵败后，西施最后归宿众说不一，一说随范蠡远走，一说死于乱军中，一说被勾践之妻处死。

少年游　咏卓文君

绿绮琴里凤求凰，闺秀动心房。砸穿桎梏，鸿飞万里，佳偶自成双。　　艰难何惮谋生计，垆上卖琼浆。情爱绵长，忠贞如一，千古遍传扬。

■ 张文豹

栀子花

洁白无瑕不染尘，芳香缕缕送游人。
不羡荣华轻权贵，愿与寻常百姓亲。

顾村吟

钟灵毓秀顾村人，文化繁荣气象新。
环境清华增景色，民生幸福悦芳邻。
诗歌吟唱精神振，社会和谐风裕淳。
协力同圆中国梦，千秋大业葆长春。

■ 王宗凯

金陵怀古

一

六代豪华去不留，山衔夕照石城头。
天连吴楚风云会，水涨秦淮日夜流。
双楫望空桃叶渡，一官遗恨媚香楼。
钟山王气销磨尽，几个英雄抵莫愁。

二

寒潮呜咽水东流，望尽江南二百州。
塔影柱空宁国寺，钟声遥渡胜棋楼。
陵园寂寞行人老，佛殿清凉古木稠。
惟有乌衣双燕子，芹泥犹自到西洲。

狼山纪游

梵宫广教隐高峰，策杖攀援兴味浓。
塔影波摇秋水碧，钟声云外夕阳红。

荒亭碣石三生梦，古木沿溪一径通。
回首风尘头尽白，何如栖老此山中。

■ 李亦雄

酷暑

连日炎炎火伞擎，栖居最怕上街行。
昏昏眼睑半张闭，郁郁精神浑似酲。
电扇虽摇汗仍注，书灯枉照句难成。
仰天亟待东风赐，普降甘霖溽气清。

临江仙　观云

——偶忆《三国演义》卷首词感而有作

滚滚云涛翻墨色，有时霹雳隆隆。白衣苍狗瞬间空。酿得风雨后，斜照又通红。　羽扇纶巾谈笑际，兴来聊借东风。英雄时势恰相逢。可怜三足鼎，翻落马槽中。

水调歌头　中秋

明月今何洁，雁子唳高天。啖饼摇扇斟酒，赏月喜年年。墙角蛩声初切，篱侧菊苞如豆，毕竟尚轻寒。漫踱菊畦畔，碎影乱丛间。　返床第，思归雨，终难眠。聊追往事，只剩明月按时圆。漫对苍穹玉魄，多少离愁泛起，福寿几能全？但愿康而泰，岁岁赏婵娟。

■ 吴定中

赏月漫思

心境连高镜，时期金魄悬。
空思天可及，不得月常圆。

留影存亏缺，馀光澈万千。
乘风归去矣，何必说因缘。

■ 王瑜孙

葛茂莲女兄息影杭垣多年顷来函告知由婿女推轮椅伴游西湖忽忽已九十七岁不胜感慨赋诗纪事率和四截

一

一盏新茶一卷诗，恬然浑忘鬓添丝。
人生忧乐何须问，此是幽人得意时。

二

顺逆由来漫问天，逆来不惜与周旋。
痴玩自笑老弥甚，忧乐宁为一已牵。

三

堤畔垂杨久系思，懒将旧意入新诗。
今朝轮椅欣重过，赢得依依异别离。

四

揽镜漫嗟变旧容，几番秋雨和春风。
人生忧乐寻常事，尽入莲舟晚唱中。

■ 黄庆华

旅美二首

夏威夷海滩

蓝玉高天蓝玉海，秋晖熠熠宝莲开。
云丝牵动长椰舞，风语唤召短艇来。
娇女卧沙金毯盖，健儿冲板白波埋。
纤尘不染疑仙界，凝伫微酡独寄怀。

科罗拉多峡谷

旷古荒原裂壑沟，我登飞艇访深幽。
鹰盘绝壁群峰诡，屺立晴光百色流。
神力镌雕肌剔透，灵工斧凿骨清遒。
西州郁勃竦尊处，静穆皈依造化讴。

■ 金嗣水

秋夜记怀

清风送凉意，蝈蝈草丛鸣。
眉月柳梢挂，明河玉宇横。
窗前花影动，梦里故园情。
忽见村头树，双亲扶杖迎。

癸巳中秋作

明月如盘出柳桠，朦胧万物着轻纱。
乱尘正待银河洗，仄路还须玉斧耙。
闹市工棚挤农友，荒村新屋问谁家。
昏灯分饼爷孙叹，千里他乡娘念娃。

秋荷

婷婷瘦影立寒风，岂肯折腰泥水中。
翠减红销留瑞气，江清月冷过征鸿。
已知白露霜花结，欲拟青房晚节忠。
直面衰颜也无虑，荣枯惯看早穷通。

西江月　观京腔吟诗咏中秋《月光下的行走》

明月楼台古韵，宽袍汉服京腔。行云流水曲悠扬，水调歌头高亢。　广袖嫦娥旋舞，乡愁一曲情长。传承李杜与苏黄，雨巷清音流淌。

■ 汤　敏

浣溪沙　红豆

记取当年玉树风，春华新发一枝浓。西厢待月几时逢。　试问掌中红豆子，善猜心里碧丝桐？此时此物最玲珑。

鹧鸪天　中秋桂子

感念傳馨种树人，修成馥郁净纤尘。秋分蛩语催新蕊，白露蚓泥覆秀根。　蒸暑度，暖阳薰。金风摇曳半庭芬。吟歌对酒团圆夜，桂子香夺一席魂。

临江仙　今夜婵娟

宛若清泠江浸月，秋光漫过重楼。凭窗风静桂香留。隔墙花影，何忍动帘钩。　舞袖千年真寂寞，无端杯酒从头。婵娟今夜入云浮。盈亏梦里，拾醉好忘忧。

临江仙　观京剧《月光下的行走》

幕启清光明月璀，引人吟步穿行。京胡簧板风音鸣。名伶身段，水袖舞天星。　　串起中秋诗未歇，古今共与心怦。倾歌慈母手中情。悄然回首，邻座泪晶莹。

■ 邵益山

雨夜读剑南诗稿感赋

雨晦风潇夜，残灯倦影弓。
冰河辞铁马，冷月照寒穹。
世上多牛二，人间少放翁。
抛书长太息，合意不称雄。

昨夜初雪沪上晨起大地皆白

玉帝伤心事，雪山翻海澜。
地从今晓白，天独昨时寒？
窗户隔冬夏，路人皆蹀跚。
丛间闻有雀，跳跃觅遗餐。

南翔

米贵长安惭白傅，二毛独自向南翔。
无访客到门长闭，有酒杯倾月亦狂。
田野散心亲草木，书林倦目弃文章。
人生得此当知足，一屋空空好放床。

六五初度

又是一年飘雪花，江山不改旧人家。
风前弱柳谁怜惜，镜里苍颜自怨嗟。
老矣廉颇尚能饭，吁兮弃疾且听蛙。
夕阳温润如初出，独立西风看落霞。

友人赠一瓶北大荒白酒不知其味三十余年矣

黑泥黑水酿成滋，开盖瞬间香溢卮。
友谊清醇回味久，人情淡薄不堪悲。
十冬寒气当知酒，一夕昙花更惜时。
毛发飘霜弃晨镜，青春无悔我谁欺？

■ 陈　青

水调歌头　月下赏荷分韵得阳

湖翠山围音，月动水生凉。绿裙翩翩千叠，娇女亮初妆。方启樱桃小口，旋把丹霞濡颊，摇曳咏沧浪。药杵闻声歇，六骏任鞭长。　　歌未竟，分韵毕，喜成章。骚词醉墨，冰清玉洁赋琳琅。君起腔圆字正，我和珠联璧合，吐纳尽芬芳。若决瑶池口，一泻满春江。

早梅芳　游德清下渚湖

秋色高，霜荷老。独有芦花好。港弯弯绕，不见烟云逗飛鸟。铁笼朱鹮懒，紡树空枝薄。味荒滩静气，万籁禁声妙。　　腿酸时，眼倦了。抵岸商家笑。田螺鸭蛋，野鳖绣红菱藕争俏。揪心儿讪送，抠票儿称讨。手空空，背痒孙肯挠？

南歌子

一

国道平似镜，悬桥宛似龙。彩东街尾贯西东。商海物流潮头，话兴隆。　　市旺金牛俏，时和百货丰。万般珍品自工农。致富分先后，但求公。

二

染山铺瑶草，吹雨鼓春风。屏中网上秀奇峰。峻险全凭创意，胜天工。　　引直知良尺，盘圆识劲弓。细磨精打出玲珑。止境何以得见，在穷通。

三

暮霭楼裙紫，残阳阁顶红。东轮脚步竟匆匆。爱道寻常巷陌，菜香浓。　　燕筑寒门上，莺啼老树中。山河好嘎话冲融。羞见天南地北，炒昏蒙。

■ 张志康

题人两首

一

张前顾后语难喑，明白吾心即尔心。
芳草已随归棹远，好人犹得惜当今。

二

潘鬓渐添尤有情，慧心只向善缘行。
芳唇启处珍珠落，好在蕉前听雨声。

向晚

归巢向晚长，自遣觅闲忙。
低首翻黄卷，倾心读旧章。
时迁眵障目，日积角披霜。
乐此终难悟，书中即酒乡。

不意流火呈姐致意

六旬流火首遭逢，八月江潮奔袭凶。
体热畏寒当感冒，尿频内急阻要冲。
灿如红杏欺春晚，灼似青霜断臂锋。
已约滇池楼畔柳，焉能虚负勉劳恭。

■ 季肇伟

虞美人　初春养疴临窗寄怀

双飞紫燕传芳讯，风暖知春近。此身宁复叹当年，一任梨花含雨水如天。　　当年误我金瓯别，情竭相思切。漫嗟少年志云长，叵奈东风窥镜鬓微霜。

东风第一枝　外公的玫瑰井序

网上流传的感人故事：情人节夜晚，老年痴呆的外公失踪。医院来电说有位衣服上缝这个电话的老人站在某病房里不肯离去。去接外公时妈妈一进病房便哭了，外婆就是在这间病房去世的。当我看到傻傻的外公手里那支不知从哪里拣来的玫瑰时，不由潸然泪下。

莫道痴呆，休言耄耋，侵寻老境孤鸩。依稀忽梦蓝桥，俏骄又传鸾牒。良宵曾记，携手处，心砰声嗫。正缅思，甚了无期，岂道是风流绝？　　情切切、玫瑰已折，灯熠熠、旧香未歇。断肠离恨鸳鸯，比翼别暌鹣鲽。经年揾拭，老夫泪，忍归分诀？碧落泉，寻梦伊人，孤枕白头霜雪。

哨徧　仲秋漫兴

赏月踱阶，携手漫行，匹练秋光后。提橘灯，权作少年游。缱绻鹣鲽拈红豆。莫矜羞，当年踏歌花径，清辉一洗人依旧。嗟旧梦蓝桥，婷婷倩影，初开蓓蕾情窦。琴瑟缘相沫结鸾俦。镜里觑双鬓向谁秋？卅载相依，齐眉晨昏，白头厮守。　　啾！终日凝眸，一身病骨天知否？鬅发凋谢早，黄花雨溅消瘦。况马齿徒增，催人星月，梦乡落魄时来久。愧扶壁踟蹰，虽谙韵律，琴弦遥曲难奏。思故园丹桂复郁愁。迈健步闲行亦奢求。羡栖霞、鹤翔猿走。诗篇留白堪慰，情系皆吟友。挟千里惠风和畅日，侪辈词书论授。心旌明月挂梢头，谢耆年、古稀称寿。

㊟：杜甫《月夜》："香雾云鬟湿，清辉玉臂寒。"王羲之《兰亭集序》："是日也，天朗气清，惠风和畅。"

■ 吴　梦

烛影摇红　别离

小院深庭，忍送春，贱不过，青青草。小池萍碎歇游魚，飞絮重重绕。　　寻梦还如自悼，怅今生，离情杳杳。一朝春尽，花果飘零，人才俱老。

淡黄柳　别离

寻思辗转，那为芳菲歇。满径落花谁捡拾。依旧重重叠叠，唯有薰风惜香骨。　　信音绝，前言轻轻别。伯劳叫，子规咽。恨伊人负我三生说。夏至春归，梅天阴雨，损折几多华发。

小重山　别离

云炙风烹夏木阴。夜深人不寐，乱蝉吟。起来轻试水磨音。勾往事，翻觉冷相侵。　　坐到月西沉。泪泉连雨瀑，两涔涔。留他不住恨难禁。从别后，梦里苦相寻。

■ 夏建萍

蝶恋花

一

已把闲情抛弃久，春去春来，无复欢时候。月下花前偷醉酒，镜中转见朱颜瘦。　　独自爱捋花朵嗅，往日衣装，犹忆香盈袖。魂断最思笙笛奏，秋千架下人归后。

二

小雨丝丝园湿遍，褪尽残红，阶下无重片。昨日笑犹开烂漫，今朝只任凭吹散。　　弦管须臾归去远，待费殷勤，怜取花前见。无奈夜长风似剪，纷纷化入香泥乱。

■ 江荣清

重阳

登高眺望瞰长河，山路崎岖水唱歌。
初出娘胎先浴火，孩提困苦后遭魔。
青年辍学临离岗，老病儿残遇劫波。
何惧此生多坎坷，未曾止步未蹉跎。

宁波游

一

车越钱塘超地仙，宁波三日赏云烟。
天童报国育王庙，范阁藏书画舫船。
无悔青春蒙厄运，亦怜霜鬓享天年。
秋风送爽驱残暑，夕照桑榆景更妍。

二

九龙湖畔学神仙，四处云游尾冒烟。
报国寺中观屋脊，铜钱眼里坐龙船。

佛陀舍利藏千载，古阁存书越百年。
时尚天伦无限乐，晚秋黄菊胜春妍。

㊟：报国寺中没有菩萨可拜，主要是参观古代建筑；阿育王寺内藏有佛祖的舍利；天一阁主人藏书数以万计。

■ 龚家政

冬夜侍母病榻有感

侍母熬汤调药匙，分明嘱语总恩慈。
尚嫌茶饭酬宾少，犹念孙儿合沓迟。
已信尊亲难报本，唯延蜡炬照残时。
棉衣坐冷心头热，忆幼怜吾赊米炊。

挽母

九二长辞泪更弹，音容不复梦寻难。
迎归笑绝双门闭，落叶添薪一帚闲。
总取吾衣新垢涤，却营母奠旧壶箪。
寿终永忆春晖暖，身去犹成落日寒。

■ 程庆长

瘦西湖

欲比西湖瘦此身，琼花抹粉上堤尘。
五亭桥望三潭月，总觉杭城逊美人。

访金山农民画中洪村印象

静谧小村水上阡，农夫村嫂绘堂前。
鸡鹅彘犬飞禽兽，桃李麦青描素笺。

谒翁同龢故居

曾是京城两帝师，人前尊后抖翎枝。
经纶辅佐韬光见，忠荩遭逢老泪垂。
倘使维新留史迹，尚存书道树幡旗。
翁家小巷风犹冷，深锁虞山问不知。

■ 倪卓雅

观荷

密密从从满目荷，一池吹皱荡层波。
菡萏也做羊毫笔，绘出绿裙红袖多。

咏桂

秋高月冷桂枝长，碎玉纤珠叶底藏。
诗客夜吟花下过，清风伴我酿词香。

咏菊

纤纤舒卷缤纷色，装点秋光寒不侵。
懒与春花争烂漫，愿随霜叶结同心。

苏州重游

水陆盘门卫戍坚，古城屈指两千年。
吴侬一曲船娘糯，茉莉三杯茶室鲜。
故地虎丘仍有塔，新区工厂更无烟。
金鸡湖水平如镜，映出姑苏不夜天。

■ 季　军

黄炎培故居

华堂映日理求真，德厚春秋育杰人。
更有一番窑洞对，足音空谷已难闻。

㊟：黄炎培（1878年10月1日~1965年12月21日），出生于现上海浦东新区川沙新镇新川路218号沈家大院（又称内史第），中国民主革命家，教育家，新中国老一辈国家领导人，时任政务院副总理；“理求真”，摘自黄炎培生前格言“理必求真，事必求是，言必守信，行必踏实”；“窑洞对”，1945年7月黄炎培在延安同毛泽东的“黄氏周期率”的对话。

辰山赏百花

风轻云淡矿坑寒，卉异花奇温室欢。
草树藤萝齐聚首，九峰松郡五洲连。

㊟：矿坑，百年人工采矿遗迹。

白鹤摘草莓

红珠巧嵌绿叶中，素萼婆娑青蔓丛。
白鹤高歌农改好，梢篮玛瑙献恩公。

㊟：九峰松郡，位于“上海市之根”松江区的九峰，辰山位于松郡九峰的中段，旧名神山，海拔71.4米。

■ 陈建滨

咏竹

冲云百丈拟龙材，卷箨何曾着点埃。
雨箭风刀浑不惧，犹将绿鬓斗霜来。

重逢小艾席上因题赠

落拓诗边与酒边，哪堪愁耜耨情田。
曾经舞袖看经岁，依旧桃花记旧年。
窈窕已非琼阙客，风流犹是断肠仙。
可怜锦瑟弦中意，醉顾金钗不忍眠。

极相思　咏怀

梁园久倦迎逢。看岁事匆匆。饥时弄铗，狂来击筑，残月篱东。　　准拟五湖盟鸥鹭，怅襟怀、知与谁同？鲈乡烟水，流霞一醉，便欲乘风。

㊟：(1) 梁园，即梁苑，西汉梁孝王的东苑，故址在今河南开封市东南。是以邹阳、枚乘、司马相如等为代表的梁园文学主阵地，后世南北朝谢惠连，唐代李白、杜甫、高适、王昌龄、岑参、李商隐、王勃、李贺，宋朝秦观，明朝王廷相、李梦阳、侯方域等都曾慕名前来梁园，李白更是居住长达十年之久。

(2) “醒时弄铗”，引《战国策·齐策四》冯谖弹铗之典；“狂来击筑”，引《史记·刺客列传》荆轲与善击筑者高渐离的故事。

(3) “流霞一醉”，唐·颜荛《戏张道人不饮酒》诗：“吾师不饮人间酒，应待流霞即举杯。”

■ 王义胜

王鏊诗集详注成感赋

笺释先人典籍成，摩挲雒诵待题名。
三春花树不窥圃，十载炎凉惟笔耕。
惴向句中勘误字，泪从诗里识亲情。
静观楼上冲雨坐，天下大忧听正声。

久待佐义德俊嘉峪关诗未至先成一律

登高极目望祁连，嘉峪雄关远接天。
雉堞黄尘迷一色，兵戈白骨结千年。
玉门城下唱杨柳，肃镇途中忆火烟。
霍将军祠今在否，荐羞许我共盘筵。

㊟：晋书天文志：猛将之气如龙如猛兽，或如火烟之状。

幽居

鸟自啼春草自芳，恍然隐迹在梁砀。
去城真厌路三十，入室喜摊书半床。
人到暮年衰未觉，诗构佳句我能狂。
来生不愿识文字，祗羡豳风七月章。

黄梅偶晴

浃月黄梅裹足前，纵游还趁暂晴天。
街头水溜潢污潦，陌上草青闻嫩鲜。
步滑未愁苔藓涩，花摧最痛雨风连。
雾霾远处弥漫起，看作齐州半点烟。

■ 成德俊

读喻兄石生无题诗

一

有缘何憾未销魂，留得相思梦可温。
枕底为谁藏素札，新伤痕叠旧伤痕。

二

登楼遥望去帆孤，迷雾难消惑未除。
江水茫茫音信杳，恨无鱼雁可传书。

三

清泉汩汩谱新声，能拨心弦至五更。
锦瑟余音今未断，石生不负玉谿生。

观七宝斗蟋蟀大赛

痴迷此物忆蒙童，墙角田头夜觅踪。
秉性能彰仁勇智，平生唯识夏秋冬。
獠牙肆恶曾伤谷，身价新增应补农。
堪笑争雄方寸地，不知谁可大王封？

伤足戏赋

余限于财力，购某处五楼居住，为是楼最高层，一日下楼时，与人搭话，不慎扭伤左足，赋一律戏之。

推窗曙色助精神，家住最高先占春。
早岁能尝苦中苦，老来真作人上人。
常常护膝还伤足，处处安心可养身。
何日我圆平日梦，有梯升降不沾尘。

■ 张佐义

题十泽道院

川围芳甸水流香，玉宇琼楼下夕阳。
童子横箫愁噪杂，仙人指路说端详。
三千米外新宫殿，五百年中旧道场。
今日人间圆梦后，几人直面对金刚。

㊟：“十泽”，八方加天地为十；道院始建于明嘉靖年间，原址在浦东新区昌里路、白莲泾岸边，今迁白莲泾入川杨河口处，相距三公里。

题重修曹氏贞节牌坊

临汾细草净无沙，柳絮飞扬日欲斜。
盛世三吴曹氏女，太平天子帝王家。
擘窠大字旌贞节，杂色牌楼理乱麻。
却向栏杆深处望，高墙豪宅隔重华。

㊟：贞节牌坊建于乾隆十九年，毁于文革，现移建浦东新区浦三路临汾河畔，后补的为大青石，有异于原建石料，可为文革毁建佐证。

三林圣堂庙会

圣堂又名崇福道院，相传为三国陆逊家庙，南宋始建为崇福道院。前殿上首供抗金名将刘錡金身，尊其名曰刘猛将，可证三林先民多为南迁的北方百姓，在这块沼泽地上用北方的先进技术，改造自然，辛勤劳作，降龙伏虎，逐渐形成独特的民俗文化——龙狮之乡。

三林三月菜花黄，又见歌声闹圣堂。
聚族云间愁陆逊，香烟海上忆刘郎。
争观灯火飙人气，喜舞狮龙是故乡。
一港游船摇日月，饴糖桥下溢芬芳。

题静安区康定东路牡丹园张爱玲女士诞生地

吴淞江畔月，斜照牡丹园。
细雨天香润，清风国色尊。
婆娑蝴蝶醉，曼妙竹林昏。
富贵花齐发，分明才女魂。

㊟：康定东路85号原为麦根路313号，张家老宅，张爱玲诞生于此，现为石二街道社区文化中心，苏州河至此成一大转湾，原为一煤球厂，现该处改今名蝴蝶（无敌）湾，作为沿苏州河的绿化景区，除了名卉花草外，移植牡丹四百余株，故又名牡丹园。

■ 郁时威

诗题荷花照

一

相间白黄搀紫红，旁有尖荷色不同。
幻觉观音趺坐上，此花原本在天宫。

二

朦胧草色出凡尘，花瓣微红似失真。
碧叶高擎遮烈日，天生丽质自迷人。

三

密密浓浓绿作堆，晨光斜映影徘徊。
敢猜暗里安排就，红白双花一并开。

■ 谢春江

重游内史第黄炎培旧宅

旧第景依然，主人先后卒。
挥之去不能，应是周期律。

蟹之结局

绳之复炙之，红透上台时。
尽醉鲜无匹，横行是说辞。

荐读母亲的放弃

燥热伤时下，清风忽入幡。
人皆能舍得，守住即桃源。

心定

心定自然凉不蒸，清茶夜坐复相仍。
极怜天许诗才调，吮墨蝇头细细誊。

■ 颜志忠

压岁钱（新韵）

叫过爷爷拜过年，红包到手出廊檐。
问他为啥匆匆走，说是扶贫去募捐。

夏日乘船回乡

迷蒙山后热难熬，偶有蝉鸣舌已焦。
岸柳摇凉送舟水，外孙刚到外婆桥。

题《长寿图》

乐山乐水远尘嚣，小鹿轻盈蝙蝠高。
额上桃红年八百，神童又送两仙桃。

题《鸭戏荷塘》（新韵）

黄臀赤爪拨涟漪，荫下小栖言语低。
一路春江游到夏，荷塘水热也先知。

■ 董明高

凑兴

问字青城道，依然未卧云。
空山人寞寞，旷野雨纷纷。

吸气花中见，吟风草上闻。
登台宣一说，且待共挥斤。

注：“问字”，向人请教；“道”，指道人；“吸气”，道家养生术中有吸食天地之精气；“挥斤”，发挥高超技艺之典，见之于《庄子·徐无鬼》；“斤”，指斧头。

临阳朔漓江近岸古老巨榕写怀

走马观花远，何如抵桂林。
牢笼原不识，水火恰临深。
忍苦茎长诅，伤灾叶永吟。
秋间称赏客，直面绣球心。

祭柳侯

秀水临山柳，捐生任上侯。
吟鹃春苦血，鸣鹤北悲秋。
黑尾轻松马，苍头老练牛。
江乡民众聚，大墓万家修。

注：颔联化用韩愈撰《荔子碑》句“莫来归春与猿吟兮，秋与鹤飞北方之人兮”意境。

还吟

故国秋游末，榕城拜寿星。
气轩东海啸，灵响北溟听。
闽水闲云白，于山静月青。
愁心谁可守？大圣念猴经。

■ 沈钧山

参观上海海洋水族馆

款款深潜向下头，千千水族竞翔游。
锯鳐鲨蜇蜘蛛蟹，焕烂珍奇夺醉眸。

参观上海科技馆

昊天高踞默无言，惊诧地球生物繁。
奇慧尽看人类起，抛针刺激太空喧。

注：抛针，指发射火箭。

参观上海辰山植物园

塔矗峰巅映莽林，一泓瑶碧矿坑深。
爆棚热带风光现，珍异斑斓此拥临。

参观上海知青博物馆

少小艰辛度劫波，横遭驱遣奈之何。
当年我若非亲历，焉识世间劳苦多。

■ 周正平

贺韩天衡美术馆建成

铁笔纵横几十秋，秦书汉篆足风流。
谁知缶老苍然后，又见衡公力劲遒。

■ 李文庆

题上海九段沙

洲青鸟飞白，春色映霞红。
海上桃花坞，芬芳都会东。

为九段沙湿地保护区而作

沙洲浮动海云东，一派青苍水墨中。
鸟戏花枝香馥馥，烟笼芦荡绿丛丛。
连天碧浪涤尘雾，映日流霞染柳风。
相伴春江新雨后，万千楼静月朦胧。

春宵曲　九段沙采风

黛色苍茫处，琼涛浩荡天。青蔬谁种苇塘边？默默守望都市、影娟娟。　北怨沙尘暗，南愁浊雾烦。芳菲却在海云间。绿岛风清春暖、野凫眠。

■ 张忠梅

乘艇登九段沙

东海滩头九段沙，烟笼雾锁接天涯。
莺飞草长迎朝日，雁落鱼沉送晚霞。
潮息潮兴堆锦绣，云舒云卷织芳华。
银轮穿浪轻轻渡，胜似仙家八月槎。

■ 朱化萌

踏莎行　访九段沙

九段沙湿地位于长江口和东海的交界处，是国家级自然保护区，时值春夏之交，与《铁沙诗社》的诗友们乘坐游艇登上沙洲，特填句以纪念。

风劲云飞，天宽水瀚，骚人结伴登滩岸。长江处女隐深闺，今朝掀盖同声赞。　　芦荻深深，海涂漫漫，沙洲湿地群中冠。自然生态护精心，清风明月长相伴。

再咏九段沙

浩瀚长江口，积沙成绿洲。
风吹芦荻舞，雨落浅滩幽。
海涂珍鱼窜，天空候鸟啾。
生机新勃发，护卫远筹谋。

㊟：8月30日《新民晚报》头版刊登了崇明九段沙湿地照片，回忆初夏时分登临情景，再赋一首记怀。

■ 杨　云

游春

拂堤杨柳醉春烟，唤友呼朋共泛船。
数点青螺浮碧水，一轮红日浸金涟。
荷施玉面天鹅戏，竹掩石颜水鸟翾。
远望春光盈陌野，重重似画醉心田。

柳初新　春心如酒

瑶林琼树春初透。山妩媚、芳如绣。绿云摇影，明霞盖陌，燕语雀啼清昼。初试罗衫夹袖。踏青行、春心如酒。　　犹记芳阴携手。鬓斜插、一枝娇秀。花前妍斗。倚红偎翠，煦煦暖风欢偶。又恰是、寻诗时候。柳初新、月圆依旧。

行香子　山

叠嶂关山，拔地崚嶒。势凌空、欲把天擎。登临漫步，触手云惊。对千古钟，五朝寺，坐禅僧。　　青松翠柏，黄栌紫荆。百鸟啼、泉水如筝。层峦曲径，花草丛生。看鹿儿跑，兔儿跳，猴儿腾。

满庭芳　春游滨江森林公园

疏雨初霁，繁芳滴翠，东风喜送芬芳。海棠带露，桃李蕴清香。新绿鹅黄满目，青青柳，袅袅丝长。烟云散，莺啼雀啭，蝶舞燕徊翔。　　徜徉。良景踱，悠悠画舫，滟滟湖光。看嬉游携手，鸢舞轻扬。笑语欢歌叠响，伫眸望，醉眼春乡。留佳影，娇娆神韵，笑靥对斜阳。

■ 杨毓娟

重游苏堤有感于东坡明月词

柳如丝绥草凝烟，碧水新含点点莲。
纵得氤氲月三色，举杯依旧问青天。

梅

残冬未了地回春，疏影横枝玉质新。
尽洒风骚吟雪韵，敢持妩媚赖天真。
何须斗酒诗千赋，更惜胭脂色五珍。
墨客徘徊多寄语，倾心唯有问花人。

如梦令

晓夜细风疏雨，桥畔柳依丝缕。烟淡日初晴，又是草长春绪。莺去，莺去，却惹雀儿欢聚。

■ 王　惠

忆旧二章

一

柳尽鹅黄北杏红，东门扑絮乱空濛。
烟生陌上三分雪，燕过长桥一剪风。

二

青萍点点夜风长，半入秋声半入坊。
几处银钩知旧事，无边月色小池塘。

一剪梅　旧居

旧院深檐空寂寥。去去经年，秾李纤桃。梦归何处问相逢，细柳长堤，烟锁双桥。　簪髻依稀霜色消。盘扣才分，茜粉轻描。也说春雨正潇潇，野织平芜，庭小芭蕉。

水调歌头　癸巳五月旧友召饮夜半归赋

忽忽一何晚，梦断旧阑干。十三年外音尘，更度小重山。拟问周天借取，半段清闲月色，容汝几狂颠。漫道岁时早，何事岂回还。　算离合，难吩咐，随翩跹。况今长向，梅子黄罢未晴天。且就三杯两盏，聊数华年七八，门外雨如烟。深夜寂然去，渺渺水云间。

■ 魏　里

相见欢　外蒲山

晴霞枝展鸣蝉，过通天。顿觉绿堤初静海风缠。　　菩提岸，斜阳外，步蹒跚。只有忘归仙石在听禅。

相见欢　晋园诗会

海棠怒放窗东，夜朦胧。笑问人间何处觅春风？　　渔夫醉，眼儿媚，望江东。更有絮飞南北寄苍穹。

■ 冀晓红

渔歌子　归来

白鹭红霞唱晚归，蛮儿憨犬戏相追。香一缕，酒三杯，龙王唤我不相随。

点绛唇　题画

薄霭沉沉，恨羲皇易别难驻。月凉如露，不许东风度。　　云鹊思归，岂耐叨叨诉？周公负，暗将花数，且待春来顾。

■ 卢　静

忆江南二首　外蒲山观海

一

岩花俏，斜日伴君留。细浪轻吟巡岸去，清风徐过鸟鸣啾。人在白云洲。

二

悬崖畔，征战苦无休。数得风流千古事，长桥依旧荡山头。闲步忆归舟。

采桑子　湖心亭饮茶

临窗灯火斑斓雨，池面琼雕。蛇舞轻邀，处处笙歌九曲桥。　　龙珠戏水相争艳，叶展香撩。黄绿匀调，心任闲云自在飘。

■ 丁晶晶

湖心亭饮茶

宫阙彩池霞，轩中饮绛茶。
只应天上有，闲话旧人家。

访江南贡院

寒窗素笔换天骄，号舍红微映短宵。
逝水东流桃叶渡，舟空不见跃龙桥。

大理环海路即景

白鹭枝头水上花，青禾指路不归家。
风轻待送孤舟尽，已见苍山负锦霞。

■ 陈籽澐

题小珮女士群鱼上桃花图

苒苒西溪树树红，清风抖落霎无踪。
三弯四曲桃花路，浅底鱼翔亦紫穹。

鹧鸪天

晨露低头嬉嫩芽，浅溪放眼数鱼虾。香风笑逐天涯醉，金菊婆娑迎日斜。　惊野鹭，蔽奇葩，墨龙涛急弄云霞。蝶儿怅望偎衰草，丛里犹寻昨日花。

■ 谷　雨

秋日崇明行（四选三）

一

白鹭排云去，残荷压半塘。
秋窗依老树，坐看断山黄。

二

漠漠秋江晚，粼粼映碎金。
他年摇橹过，浪里独鸣琴。

三

孤桥野树斜，烟起旧人家。
碧水送归鹭，芦花伴落霞。

■ 丁萧寒

中秋思

一

菊丛冷对夕红霞，清露无声染桂花。
今夜月圆谁不望，秋思离恨念天涯。

二

云霞日落不行船，夜宿长桥对月圆。
柳岸风微人影动，相思十五祭香前。

昭君怨

半卷闺帘月泄，隐隐寒光如雪。寂寞夜台凉，两茫茫。　　花落铺红情尽，空对残枝愁恨。梦里诉相思，醒时悲。

菩萨蛮

声声切切言不尽，风风雨雨无音信。莫道远千山，等君明日还。　　当年携手立，月下相思笛。一路泪难停，盼君斜倚亭。

■ 曾小华

踏莎行　晨渔集感赋

冷月凌波，朝霞破雾；横舟垂钓迷津渡。祈褫愿者上银钩，涟漪微动惊鸥鹭。　　秋水迎曦，孤帆沐露；《晨渔》苦觅人生路。烟溪江上采诗珠，清风晓月吟词赋。

注：《晨渔》，自编的一本小册子书名。

蝶恋花　遥夜愁绪

癸巳中秋，滨江赏月，秋月升起，景阔人稀，思念之情顿生。老妻赴港看孙，独自过节，情自悯然，援笔填词。

宿雾笼江催日暮，朗月升空，如练清辉路。遥夜凭栏吟泣露，水长天阔任飞渡。　　心意缠绵风细诉，一缕纤云，几许江波语。谁解相思离别苦，天涯千里追愁绪。

蝶恋花　癸巳元日舒怀

狂舞银蛇元日喜，祥瑞和谐，爆竹燃春意，欢庆鼓声无数计，更新万象从头起。　翰墨飘香舒浩气，回首华年，难说人生戏。珍爱晚霞云暮里，经霜红叶新年记。

■ 陈以良

赏荷

亭亭祥暑行，伞盖丽人襟。
身恋江湖水，情埋碧玉心。
鸣蝉隔岸柳，携曲酬知音。
歌尽身先死，为君世代吟。

思荷

瑶花隔雨朦，点点素波中。
妆淡空为色，身轻影化风。
莲根通彼岸，心桨跨浮红。
莫道无归处，流水复向东。

观荷

痴痴影入池，烈焰煮柔丝。
湖似沸腾水，荷缘冰冻姿。
渺茫眼下事，清晰绿红枝。
默默伤离别，情怀都入诗。

■ 刘　梅

法源春晓

古寺春来时未觉，丁香花放气犹寒。
邸园静里吟思起，浮动暗香萦笔端。

夏夜听琴

云天淡淡落长河，皎皎月华清踏歌。
拨尽冰弦谁与会，芳华一曲叹婆娑。

情

清溪秋浦柳千条，不见伊人旧石桥。
曾是惊鸿桥下影，绿波犹记到今朝。

咏荷

洛浦相逢晓色临，风裳青盖雨中吟。
诗边淡写冷香句，画外遥传片雪音。
有恨凌波寸心苦，无言立月至情深。
相思一径空无住，绝世天真任本心。

■ 王明明

雨后闲吟

霞云漫洒晚风清，小院闲斟燕和鸣。
老树玉台惊坠露，兰花馥郁揽新晴。

重游香榭丽

斑驳树影隐香楼，落叶纷飞郁郁忧。
阅尽花都多少梦，烟花散尽水东流。

㊟：是时7月14日恰逢法兰西国庆，晚间花都礼花缤纷，流光异彩，美不胜收。

再别威尼斯

一

小街临水青苔暗，一叶轻舟细语飘。
摇曳香槟玫瑰色，几声叹息别廊桥。

二

小小轻舟窄巷游，神思散漫不知秋。
岸边情侣悠闲靠，热吻相拥任水流。

■ 田宁疆

咏菊中秋

一

清风洗月碧空新，隐隐矜香缕缕湮。
把盏开怀邀玉兔，共携陶菊醉乡醇。

二

皇天后土恁公平，遣我秋霜肃杀行。
冶艳繁芳何处见，黄花涵韵一枝菁。

十月三日安吉山中

风清天阔喜登高，苍岭青峦恣意遨。
苔级粉墙崇黛瓦，欢泉涓涌语轻涛。
独松翠竹雄关老，繁菊红枫幽壑骚。
夜宿农家贪浊酒，满天星斗唤同翱。

㊟：安吉东南有独松关。

如梦令　咏荷

出水婷婷仙立，展萼幽幽香溢。摇曳好风光，兼舞碧盘晶滴。飘逸，飘逸，可识厚泥滋育。

■ 翁以路

莫高窟

一生痴绝处，无梦到沙州。
泉响万灵入，危崖列纬浮。
云楼多月窟，藻井接天流。
大漠洗心静，回廊送醉眸。

注：“列纬浮”，诸多的锦旗忽显飘动。

咏荷

眉端铺翠西湖满，出水红衣冉冉香。
惊叹朱颜谁点上，仲秋明月衬容光。

咏秋

金风瑟瑟蝉蛩唱，举目澄清皓月临。
神畅兮天香暗蔓，身舒菊影正投心。

■ 夏春镗

无题

老去勿思人短长，一蓑烟雨任身藏。
桂花香里晾新谷，秋雨声中忆北乡。
屋后枣红嬉儿闹，堂前酒绿旧友尝。
日升劳作日沉睡，岂论人间闲与忙。

注：北乡，塞北之乡村，本人曾住十年。

中秋旅次兴化

夜夜秋风洗俗尘，云连玉露现晨昏。
暗香飘落谪仙桂，绿蚁沉迷寿客轩。
犹对穷通苍狗变，常思父母孝心存。
板桥故地人宜醉，疏竹如公伴画魂。

㊟：(1) 李白《赠崔司户文昆季》：“欲折月中桂，持为寒者薪。”白居易《问刘十九》：“绿蚁新醅酒，红泥小火炉。”

(2) “寿客”，宋·姚宽《西溪丛语》卷上：“牡丹为贵客，梅为清客，兰为幽客……菊为寿客，木芙蓉为醉客。”

■ 张燮璋

莲花杂诗

一

熏风不识凌波路，拨动翠裙三两星。
羡煞江南好雨后，瓣莲偷度小蜻蜓。

二

翠盖遮头便出湖，绿云深处笑相呼。
莲娃莲朵竞风韵，一样清纯入画图。

三

摇红似醉愁他堕，叶举难扶笑我低。
空有三生莲子梦，御风飞到夕阳西。

四

出水芙蓉一世缘，去留肝胆对婵娟。
莲花如浪白如雪，翠叶田田月隐烟。

五

可怜十五盈盈月，清影隐身菡萏仙。
长笛一声天唤取，波中升起李青莲。

六

举案圆叶尽齐眉，莲瓣高端仍护持。
渐老蝉声欠浪漫，真情悟徹好吟诗。

七

秋尽不堪垂老别，风停亦解叹息词。
郊寒岛瘦余莲梗，枯笔纵横划几枝。

■ 周樑芳

阳春白雪　杭州颂

宋迁都，钱塘盛，宫外鼓楼朝奏。翠幕掩街坊，风帘动、尽看门户万家富。绮罗争售。商贾聚、临安倚市，歌馆夜唱莲花落。勾栏独多香袖。　步西子长堤风光秀，银波伴、初春桃柳。南山雷峰夕照，御书楼、远眺如绣。三潭印月上宙。日暮下、金钟恩宥。白蛇瘦、断塔今重砌，千年梦诱。

淡妆浓抹，相宜在、飞花桂月悬空。湖上画船，青峦绕雾，放翁孩巷寻踪。喜缘逢。听春雨、楼隐花丛。好山色、煌言绝唱，骸葬荔枝峰。　连益好学岳王，气吞九野，墓朝东。女侠竞雄之水，挥剑尽精忠。唐装着、西泠桥畔，见汉玉遗容。风篁岭麓，几多忠骨青松。

㊟：(1)“煌言”系抗清志士张苍水之名，杭州临刑呼：“好山色”；“连益”系于谦字。

(2)《阳春》曲，双调一百零四字，上片九句五仄韵，下片八句五仄韵（调见《钦定词谱》卷卅三）。《白雪》词，双调九十五字，上片九句五平韵，下片九句四平韵（调见《钦定词谱》卷廿四）。

黄莺儿　赞舞者

清风闲步残阳远。小镇莲溪，申浦江流。黎元花园，暮春河畔，观舞剑指川杨，展翅迎堤岸。美哉尘世黄昏，似见皇宫刘汉飞燕。　天伴，秀女独翩翩，又舞红绸扇。万家灯火，攘攘人流，童儿笑吾心羡。羞翠柳隐风姿，月夜凝星眼。我赞似梦人生，何叹韶光短。

满庭芳　咏荷

盛夏威严，飞金遍野，一湖云锦夭夭。妙姿宽展，凭水竞逍遥。多少骚人墨客，画纸上、走笔挥毫。曾遐想，青莲随梦，乘风约琼瑶。　魂销。当此际，惊风硬雨，枝叶狂摇。笑天妒雷催，乐受蛙跳。盘接珍珠溅落，申霁后，分外妖娆。斜阳下，盈池滴翠，丰藕更花娇。

浪淘沙　真金梦

群嶂望川浔。万物浮沉。滔滔江水碧波深。大浪淘沙千目结，那颗真金。　小树渐成林。甘苦同斟。春风一曲晓松吟。吴地锦云追旧梦，谁是知音。

■ 郭幽雯

孝情

晨曦破晓露华天，雾薄云轻柳似烟。
桥过路回升赤日，手提肩负探明贤。
慈颜舐犊情难忘，娇女采兰纯孝先。
何得蓬莱长寿药，奉吾淑训鹤年延。

咏荷

月上垂杨近水家，清波池影唱青蛙。
翩翩翠扇风掀盖，袅袅红衣雨压葭。
犹叹浮萍漂泽国，更怜雪藕洗铅华。
群芳欲问谁君子？含笑冰台独此花。

吟秋

凉风送爽暑初收，露草蛩鸣片叶秋。
数柄荷杆红萼落，一行雁字碧天游。
客星犯斗槎何在，禹锡题糕迹未留。
我爱登高观远景，云烟水墨化金柔。

皖南古镇秋日行

层峦叠色欲生烟，溪水潺潺村落旋。
黛瓦粉墙官帽顶，拱桥石径塔身边。
桃花潭畔千年咏，凤翥堂前双涧连。
但愿久长生态绿，再来重续桂香缘。

■ 陈剑虹

秋雨有感

宿雨几时休，芳华随浊流。
小窗无月影，尺牍老床头。
愁绪霜丝织，诗情秋叶收。
花殇香染尽，长夜对凝眸。

夏荷

咏怀菡萏万千家，更有长吟叶下蛙。
君子满池呼翠药，鸳鸯一水隐苍葭。
落霞剪影流诗韵，摇棹推波泛月华。
出淖藕莲纯玉骨，逸群高洁太空花。

㊟："太空花"，太空育种的荷花，返回地面种植。

秋桂

泠泠风月露华凉，小苑枝柯万点黄。
金粟叩阶忧暮老，怡香透牖梦秋长。
扫收一片琼浆酿，相约同侪曲水觞。
明岁广寒飘桂雨，梳妆幽佩聚遗芳。

■ 李鸿田

咏荷

银塘篱畔有农家，塍陌蝈蝈叫唱蛙。
并蒂千花凝菡萏，合欢一水聚蒹葭。
又逢苍翠染湖色，更见潺湲浣月华。
折藕连丝情未尽，寰间独羡此琪花。

访沈园

黄滕浊酒沃愁肠，一酌杯浓情越伤。
度曲朱阑思未散，填词粉壁梦难忘。
春风不减衣襟湿，夜月更添枕簟凉。
少见千年凄美景，今人溥泛慕诗长。

观上海书展

炎阳简牍展芳音，惊动申春解渴心。
苦恨长长人海阵，书来此道抵黄金。

■ 吕　霜

咏荷

凌波仙子水为家，雨洗青盘逗众蛙。
夺秀满园铺翠扇，留芳疏圃伴苍葭。

尘风浊浊身为洁，倩影清清品自华。
泥淖难遮真善美，人间名士爱荷花。

鹧鸪天　上庐山

松涌涛波幽谷旋，山风朔朔自生寒。琴湖卧影惊奇镜，雨雾迷蒙叹妙观。　飞瀑落，索桥悬。仙人洞里隐神仙。风云变幻尘烟过，何若庐山不老泉。

■ 华锡琪

莲花颂

岂羡桃李颜，不借东风力。
玉立濯清涟，净植去雕饰。
翠盖衬双腮，含笑凌波来。
夏日溽暑里，红白次第开。
侵晨沐朱阳，摇曳池中央。
晓妆窥倒影，馨香散四方。
疏雨叶青翠，清景使人醉。
银珠散复圆，映霞益妩媚。
倩影临月明，袅娜南风轻。
白鹭憩水上，蛙鸣三五声。
屈子喜芙蓉，高洁在心中。
绿叶裁衣服，藕节尽全忠。
清照词独步，大明湖畔住。
扁舟探藕花，争渡惊鸥鹭。
圣花令人思，但愿秋霜迟。
相对永不厌，日日睹芳姿。

■ 刘 欢

灵璧怀古

皖东北有地曰灵璧，立县于宋，自古产奇石，禹帝以来列王制磬多用之，书曰“泗滨浮磬”。然自霸王殒命，后人制磬常见青铜白玉，今之县人鼓吹灵璧石，曰扣之有兵戈杀伐之音。

重瞳注定览纵横，足以兴亡慰一生。
热血八千拼社稷，鲛珠两洒祭前程。
定鼎江山因寡义，断魂垓下为多情。
江东子弟今犹恨，扣壁分明楚戟声。

梦中偈

欲证心魔迷逝水，因循道法误情关。
灵台远望花千树，怎敌智珠二指间？

夏日遣怀

心存槛外一茅庐，院署章台总不如。
晚醉摇光扶去路，一肩山月一肩书。

■ 方建平

癸巳松江雅集

秋凉玉露滋，乐聚遇佳期。
桂影牵新梦，菊香惹旧思。
殷殷情注句，切切意催诗。
莫叹良辰短，重逢总有时。

淡定

分身不得如何办？一点灵犀一瞬通。
应避喧嚣作闲客，池边我伴老诗翁。

窗前观雨

一

莫愁天际黑云笼，休恨敲窗雨挟风。
欲借马良神画笔，水帘划破抹霓虹。

二

水淋天地苦凝思，远近朦胧叹不知。
秃笔正愁濡墨少，雨花恰好润新诗。

■ 黄思维

退休周年作

忽忽人生似寄居，石榴花又映庭除。
行藏自是关天意，得失无妨读我书。
颇觉日离公事远，未能心与世情疏。
姊兄相望云山隔，电语平安慰有馀。

生日一首叠前韵

老来初享此闲居，节届端阳岁半除。
视听荧屏天下事，伴随生计古时书。
学诗不弃心偏好，对镜谁知鬓已疏。
芷术昼焚香到夜，一灯犹补日之馀。

■ 贾立夫

太平湖泛舟

碧浪千重翔白鹤，青山万里唱茶歌。
胸中多少悲欢事，一样飞舟逐水波。

咏滕王阁

西山暮雨湿珠帘，南浦朝云映碧潭。
孤鹜归来寻画栋，落霞远去化征帆。

梦琵琶亭

又是萧萧瑟荻时，琵琶醉客两相痴。
诗人一梦应惊醒，再续浔阳绝妙诗。

乐山大佛

青山有灵化弥陀，笑对三江镇水魔。
景仰为民施福者，千年香火伴弦歌。

■ 曹　森

八声甘州　老同学海葬一周年祭

送笔刚好友泪成行，一叶向天堂。帐灰飞浪沫，骨沉江尾，魂赴汪洋。难舍人生故地，滚滚浦江黄。阵阵笛声响，佛国无疆。　　船出吴淞口外，众妻儿亲友，齐聚身旁。看风成轩冕，花卉作霓裳。自古道、谁能免死，七尺男、怎会惧黄粱。如今是、尘缘已断，了却阴阳。

■ 陈嘉鹏

情（新韵）

祛除疾患几多艰，闯过一关再一关。
慈母亲人撩急火，贤妻儿辈伴床前。
同窗祝福情深切，众友忧怀直若山。
妙手回春医术绝，临窗喜鹊报平安。

如梦令　胆总管三次结石

腹胀痛身疲惫，毋用言中头彩。未了石头缘，谁告知何时解？无奈，无奈，心力强徒嗟慨。

诉衷情　致华杰

华章秀隽毕生倾，杰操促心宁。吾生有幸相识，友谊透晶莹。情切切，意盈盈，梦甜馨。不能轻渎，齿记终身，忘却何成。

■ 孙　群

忆江南　为淮安电台吕平台长《琴缘艺事》作序诗以荐

吕平，中国音乐家协会会员、中国广播电视协会会员、江苏省音乐家协会第五、六次代表大会代表，曾任淮安人民广播电台副台长，创办淮安交通文艺广播并兼任总监，现为淮安广播电视台新闻研究室主任。日前，他的首部著作《琴缘艺事》出版，特嘱我为书中每辑写诗推荐。

一、读《琴缘语丝》

弦外意，余韵绕梁生。片语犹承心上重，虚名早在指间轻。宠辱不曾惊。

㊟：吕平老师是二胡演奏家，此辑主要收录吕平老师关于二胡音乐方面的杂谈、文艺短论等。

二、读《淮上访谈》

淮上走，市野访奇人。借石高山能砺我，追踪远雁每留痕。风雨往来频。

㊟：此辑主要收录电台品牌栏目中吕平老师对淮安奇人奇事访谈录，余有幸多次接受吕平台长采访。

三、读《岁月留声》

银波远，沉醉播音台。旋律常开新序曲，流光难改旧情怀。有梦倩谁猜？

㊟：此辑主要收录吕平老师主创的历年广播文艺节目文稿。

■ 王金山

钓鱼岛

古来钓岛属中华，鼓噪东夷似乱鸦。
十亿吼声斥饕餮，黄粱幽梦日西斜。

游马来西亚云顶高原

云间雾里隐山头，疑是山颠有蜃楼。
岚气飘浮似魔幻，缆车来往作仙舟。
天高海阔任飞鸟，坡翠林深胜绿洲。
天外琼楼千万幢，他乡异国有丹丘。

少年游　参谒金华诸葛村

车驰千里值青春，心往孔明村。山青水绿，群山拥抱，石兽亦精神。　古村八卦交叉道，入阵即迷魂。石像遗容，先贤后裔，睿智万年存。

■ 陶寿谦

九城杯大怪路子大奖赛（藏头）

九夏晴和亮浦浜，城昌国梦兆文香。
置枰有窍群搭子，业绩无妨众妙方。
大匠开宗艰攀顶，怪庄立派智通廊。
路联痛快经营手，子弟风猷共小康。

注：《新民晚报》以“九城置业，大怪路子”为题，举办藏头诗征集活动，此首七律获二等奖。

■ 庞　湍

暑晨纳凉

湖边古柳下，石凳坐双人。
暑霸暂辞位，荷风生早晨。

有人超市孵空调

暑天何处去？超市享清凉。
悠坐按摩椅，送君入梦乡。

■ 周洪伟

咏桂

寒枝蝉噤感秋凉，繁叶簇星藏嫩黄。
不与春桃争艳丽，金风承露结天香。

夏日浣纱湖

赤日高悬暑气侵，水边涵趣小诗寻。
披金荷叶田田远，攒紫蔷薇叠叠沉。

偷眼鸣禽栖矮木，含情曲项躲轻阴。
游人不遇芳园静，幽径微吟岸柳深。

悼先严

橙黄屡警严君病，点滴虽施心力微。
初识青丝江夏枕，今披霜鬓老莱衣。
花经百日红皆落，人近期颐魂不归。
柩去唯留放翁句，亡灵欲祭雨霏霏！

咏荷

结伴飘然惊俗视，群姝恍若出瑶池。
红装低面袖犹障，素裹凌波步不移。
玉骨难为污淖染，仙香却喜自家滋。
濂溪独爱风神远，超迈诸妍品格奇。

■ 郑建军

闲居杂咏五首

一

夕阳横抹一川湾，风乘蝉鸣断续间。
人卧书房云半窥，莫非徒羡老夫闲？

二

云淡风清任所之，忘情樟木乱横枝。
两三家雀多无礼，来不招呼去不辞。

三

曾携辽海三冬雪，来沃江南二月花。
犬马一生余旦夕，由他美酒换粗茶。

四

观月观花常废食，听风听雨不眠愁。
他时信步来河畔，拾得闲云添岁稠。

五

夕照云侵帆影尽，晚晴风逼雁行斜。
愿将吴越三秋色，换得长宁苑里家。

■ 孟宪纾

过拆迁老宅

一

故宅西楼同上时，廿年风雨费相思。
今宵约对如钩月，为问离人知不知？

二

雪压西楼共酒卮，夜阑同上月华迟。
十年风雨冰霜里，存殁沉浮孰可知。

荷塘夜坐

一池新绿叶田田，水静风轻月色娟。
琴瑟无端牵旧恨，弦歌有意送流年。
风狂雨暴惊残梦，路仄山高绝夙缘。
北国伊人今健否？江南春好景犹鲜。

■ 杨其昌

沪上会友

一

岂是相逢在梦中，分明两晤我亲躬。
抛残岁月头侵白，历尽风霜腹未空。
隐退君犹轻媚骨，居闲我复变书虫。
回头始识世间路，试问何人晓大同。

二

沪上双翁笑白头，情痴共赏菊花秋。
开樽屈辱抛冤海，放眼风云小沐猴。

贵有奇缘传后代，欣无利钓效名流。
丹心一片堪相许，友韵乡诗满竹楼。

沁园春　自述

刘过名篇《沁园春》（斗酒彘肩），狂哉，不拘格律，读后乃知大千之大，效之。

苍洱钟灵，某也无才，愧被熏陶。忆少年投笔，中年设帐，老耽辞赋，伏案深宵。任性狂歌，凭痴哭笑，醉草诗成醒又烧。秋风劲，纵霜华遍地，血热难消。　平生不欲攀高，爱采菊东篱耻折腰。取风花雪月，全由我乐；王侯富贵，有甚蹊跷。自纵童心，寻回稚趣，闲里逍遥步板桥。何堪那，耍者般无赖，阿桂高招。

㊟：阿桂，即阿Q。

■ 徐人骥

入市诗词学会

杖国龆童志未摇，三唐仙圣梦中邀。
程门立雪争朝夕，附骥凤攀心路迢。

十六字令三首　秋

秋。疏雨叶红云淡悠。层林染，摇落也风流。
秋。满目缤纷谷果稠。盈明月，浪漫岂常留。
秋。四季轮回无止休。斜阳外，难却是新愁。

■ 沈　毅

评弹秋海棠

乌云阵阵唔神州，军阀刀光子民愁。
情幻难逮真挚爱，春思岂报毁容仇。
吴音娓娓奇离咽，京韵铮铮突兀收。
一氏名伶悲恨死，悽悽痛淚满腮流。

水调歌头　中原

咆哮黄河水，汹涌演何休？荟萃人文宝地，大野竞风流。圣域名城石邑，漫语中原掌故，壮思托芳洲。仰望风云处，追抚恸心头。　　秦晋豫，金三角，入神州。舜都蒲板，留得贤古溯春秋。多少仁人志士，竿揭探寻真理，一统铸瓯。

■ 庞效铎

晨练松桂香

满园秋色醉清香，树上黄珠金口张。
引得工蜂忙采蜜，媪翁晨练笑声扬。

浣溪沙　回乡观感

游子老来回故乡，山山水水激情扬。衰翁恣意解诗囊。　　杏绽丹霞添秀色，桃开美梦织春光。梨花带雨遍村庄。

西江月　诗海游感

少壮历经艰苦，老来始觉舒心。夕阳有梦入诗门，追补人生根本。　　学海尽收情趣，骚坛不请财神。扭歪习性已归真，赢得安宁自信。

■ 李　铎

雨中过夔门

巫峡空濛碧水流，白盐赤甲锁深秋。
两岸青峰相对峙，蓝鲸载我下渝州。

改革开放三十四周年感怀

国运兴隆百业昌，民生裕泰自呈祥。
无妨部分先殷富，更盼全民达小康。

■ 刘振华

观潮品绝句之美

潮涌钱塘一字来，滔天巨浪撼瑶台。
惊魂甫定涛声远，滚滚东流亦开怀。

■ 蒋　铃

七夕情

银河七夕三星耀，又见牵牛转斗杓。
月老联姻绳系足，天孙待渡鹊填桥。
神仙也有悲欣口，爱侣何无子午潮。
美景良辰情未了，赏心乐事在今宵。

中秋思

又是中秋月圆时，清光万里起遥思。
同胞隔海常牵念，骨肉连筋不仳离。

联手警菲围盗鼠，荷戈抗日斗熊罴。
相逢一笑亲情继，天下为公两岸期。

■ 贺乃文

老上海风情——檀香橄榄

孩提时在上海，记得向晚时分必有小贩叫卖橄榄的声音缭绕于深远的弄堂，其韵味幽婉绵长，现在这穷人赖以营生的经纪早已绝迹，而叫卖声颇增缅想也。

叫卖申城晚，幽声绕弄堂。
筠筐挈佳果，橄榄号檀香。
苦恨铜钿少，难搪清液长。
疗馋何计是？归去乞阿娘。

乡间八月天

赫曦蒸八月，乡韵忆从前。
井水浮瓜日，筠床逭暑天。
柳枝蝉聒噪，菜圃蝶飘翩。
童子浑无赖，喧呼战碧涟。

骊山感史

骊山高处俯秦川，百代兴亡万感牵。
泥俑纵横眠古冢，茂陵寂寞锁尘烟。
登基武曌屠儿子，引颈杨妃委翠钿。
古往今来多少事，只余华岳耸依然。

梦里

梦里家山别样娇，春风三月倍妖娆。
杜鹃花绽鲜红蕊，杨柳荑归嫩绿条。

忽雨忽晴苁菌伙，或湖或坝雪鳞饶。
许多乡老今何在？王粲登楼伫望遥。

■ 于鸿宾

咏菊

隐士惟伊尽笑容，金黄披甲一丛丛。
本来品相归山野，艺植更生姣媚风。

如此江山　蝉

伏天热浪逢雷雨，匆匆几毫添数。点滴浇煎，纹丝懒怂，炎日登高投诉。心声凄楚。却无韵烦人，斥之愚鲁。绝唱空前，劝天公降下温度。　天生蠕蛹栩栩。靠勤劳不辍，清洁泥腐。或遇凶虫，难圆美梦，遗憾如今弥补。倾情未悟。既盖世皆聋，振音何苦。众所无知，我催雷击鼓。

■ 刘绪恒

静安古寺

无量大乘何处寻？静安钟鼓入凡心。
红尘满国侵铜色，净土隔墙传梵音。
实相几番悲聚散，禅经千载苦呻吟。
恢恢高寺青烟里，一瓣心香说古今。

从宁海到南田岛

戎装轻履下鄞州，半百年前小驻留。
秋雨临礁云郁郁，春曦怀梦雾悠悠。
象山军角惊昏晓，石浦狂涛渡海舟。
行伍少年难复现，丹天若酒染心愁。

父辈心迹

为某已故老画家作画评，忽尔觉得其神貌似先父。读出版后的图册，又有一番感慨。

把卷挥毫写画评，恍闻先父说平生。
八分笔墨三成匿，淡淡愍期淡淡情。
浩气氤氲飘忽尽，微尘默默聚无成。
唯留夙愿萦天际，化作丹青梦幻声。

说梅

既逢霜冷发香迟，索性独开春醒时。
隔世空遭商隐恨，凌寒自有靖郎痴。
朔风狂妒防腰斩，恶雪横行苦执持。
熬到冬阑冰化尽，几多花白上青枝？

㊟："隔世"句，唐代李商隐《忆梅》："寒梅最堪恨，长作去年花。""靖郎"，指宋代诗人林逋，隐居孤山，喜作咏梅诗，身后获谥号"和靖先生"。

■ 纪少华

韶山冲感怀

一

少年神往英雄路，池浅焉能载舳舻。
击浪江间违父命，哼诗马上向宏图。
文才贯古生狂草，武略标新活典书。
万水千山回首处，再吟天堑变通途。

二

毛氏旧居修一新，背山面水纳游人。
地偏无碍升霞旭，志远堪求揽月银。
南岳云高萦竹笔，三湘岸阔卷风尘。
塘清叶碧花如火，留影自彰精气神。

■ 顾士杰

淡定

几个月来陆续接到标着XX艺术学会、XX国学研究会、XX艺术研究会、XX艺术网等的征稿来函，附以红头文件，并冠以各种名号。自觉愧当，也不知来路真伪，有感而发，乃作。

拙笔提毫羞上台，网商李鬼跃纷来。
红文桂冠虚名捧，只为钱财不为才。

看病难

四十余天求愈路，肌肤难忍病魔缠。
庸师浮诊误民体，主医虚治损众钱。
白褂着身徒执笔，蓝衣心悴任熬煎。
盼逢真道施高术，妙手驱邪痛症痊。

■ 倪鼎琪

观花

万紫千红盛世春，浓妆艳抹总精神。
一从老眼朦胧后，雾里观花莫较真。

清平乐　热

丹炉几座，一一尘寰堕。凳椅烫人难下坐，坪上汽车着火。　　云儿烧得潜踪，蝉儿燎破喉咙。休道蒸笼难遁，诗中缕缕清风。

鹧鸪天　九一三申城特大暴雨

乌黑穹庐倒扣锅，如林大厦失嵯峨。迅雷炸裂千条壆，平地顿开万顷河。　　车化鲫，鲫兴波。

波侵火熄变呆鹅。浊流蛮横厅房踞，雨涝殃城奈若何！

■ 种道溪

故乡秋居

西风湖面起，寒气树梢凉。
杯里琼浆满，阶前野菊黄。
盘中膏蟹美，窗外桂花香。
仙境何须羡，人间爱故乡。

加入上海诗词学会有感

少年曾羡做骚人，壮岁方知事苦辛。
愤懑投诗惊获罪，悲哀作赋惧伤神。
漫吟风月三千首，愿颂如来百亿身。
今日欣看新政局，江郎才溢爱无垠。

采桑子　中秋

一轮明月临窗口，昔爱中秋，今恼中秋，独坐无言风满楼。　　当年赏月相偎久，情系心头，景记心头，今沐清辉眉敛愁。

■ 韩华来

水调歌头　与子女同游上海动物园

久未公园去，今带女，儿来。秋天满树红叶，遍地菊花开。游客庭园信步，落下枯败叶，添我一时哀。忽到咆哮地，狮虎卧平台。　　金鱼尾，河马嘴，黑熊呆。群猴照镜欢叫，大象独徘徊。百鸟枝头争唱，更爱熊猫温顺，烦脑踏尘埃。假日多兴趣，尽管敞胸怀。

南乡子

登镇江北固山改南宋爱国词人辛弃疾北固亭有怀词一首

北固又神州，鼎足三分早已休。一统江山挥巨手，毛周，生子何须孙仲谋。　　兴废靠人谋，祖国强盛不再愁。天下英雄无敌手，优优。不尽长江竞自流。

■ 原瑞果

醉花阴　记浙江海盐南北湖

南北湖层峦叠翠，碧绿潺池水。缓步远登山，野草花摇，点缀亭台美。　　竹篱木屋浓浓醉，理事沧桑地。八达石城爬，一览山湖，别有情怀意。

望江东　记济南千佛山

千佛山为泰山脉，步石路、攀山急。崎岖难辨脚中石，月色罩、清魂魄。　　平台仰瞰山高碧，道如水、灯明日。冲天大厦矗巍立，霓虹闪、清幽赤。

■ 虞通达

加入上海诗词学会诗呈友人

半生辛苦觅骊珠，龙穴多歧一影无。
信有灵丹医钝鲁，难寻坦道出穷隅。
庭趋老大星垣近，情重华兴硕彦扶。
今得文昌青眼看，名登宝箓慰桑榆。

㊟：老大即上海老年大学，华兴指华兴诗社。

夏雨

少不祛焦多肇祸，奈其蒸烤乱来何。
汪洋都市疑沉陆，干涸泓湖讶失波。
只手谁擎神羿矢，群心人持禹王柯。
几时天下同凉热，重唱新翻敕勒歌？

感怀

忠奸贤佞斗萧墙，斯刻谁能识栋梁。
辞阙范公难裕越，沉江屈子独哀襄。
神州岂少补天手，圣主常轻除弊章。
千讼纷纭功罪在，黎民只解忆春光。

㊟：范公指范蠡，襄指楚顷襄王。

■ 张志康

飞吻

一个樱桃两片红，花开却不借春风。
美人摘下轻抛送，吻在虚无吻在空。

剩女

谷雨潇潇杜宇啼，梨花落尽转凄迷。
黄莺不解春将老，拣尽寒枝不肯栖。

■ 刘喜成

忆大庆百湖

月照百湖明，春潮碧草惊。
花怀杨柳叶，波动水鱼城。

紫气千声唤，红旗一吼生。
坐观鸿雁去，独有是豪情。

黄山

风梳山柳日初熏，携雨牵春瀑水闻。
花气纠缠青竹动，溪声缭绕绿崖殷。
林间松鼠惊黄鸟，岭上衣衫印白云。
一抹光明谁独占？心生万象蝶纷纷。

秋怀

竹摇暑气客当归，漫卷风云动紫薇。
黄浦有情楼叠影，红枫无悔柳牵衣。
诗花更比西风瘦，秋草正牵东雨肥。
一抹青山歌不尽，又捻心事逐帆飞。

■ 顾关永

兰

史上申城最热年，晒台数伏路生烟。
偶看倩影玉容动，疑梦天堂歌舞翩。
抗暑展英成俊杰，赞语满屋变花仙。
芳菲逆境开心笑，经历艰辛分外妍。

师情

数九寒天办书展，挥毫引得满堂春。
丹青绘就神州韵，妙笔写成桑梓亲。
往昔恩师常教我，而今函丈变忙人。
双全才艺裘翁乐，应道晚霞如酒醇。

■ 陈福田

追忆抗日时客渝州习作

犬吠荒村静，萧萧落叶声。
孤灯昏四壁，残月堕三更。
霜雪天涯夜，关山故国情。
飘零岁又暮，何处望归程。

江南春

情脉脉，恨绵绵。投闲思失误，衰懒舍园田。百千劫后留词客，十二楼中住散仙。

■ 姚瑞明

观花

昨颁东都春帝令，今朝结伴赏天香。
太真出浴游人醉，国色倾城誉洛阳。

题瀑布二首

一

素链凌空出处高，滂沱直下九重霄。
琼珠碎玉无人惜，化作汪洋万里涛。

二

倒海悬崖气象雄，奔腾不息势吞虹。
猖狂借助高山力，坠落平阳雨露同。

■ 胡　息

琼崖行

椰风海韵中，天朗地葱葱。
揽胜春常驻，忧心浊浪汹。

三亚热带雨林

苍莽巍峨壮，名稀古树雄。
木阶通绝顶，饱览八三翁。

从昭君故里到神农架

树树树苍苍莽莽，山山山叠叠重重。
步云屐雾踏残雪，欲会神农终未逢。

■ 周　雨

颂竹

势与天公竞比高，绕山破石自英豪。
清明劲节凌云志，风雨场中更矫潇。

忆老革命家

时逢佳节忆前贤，浴血沙场百战艰。
叱咤风云星带月，更新天地岭成田。
三山倾覆成历史，五岳新妆展笑颜。
牢记长征重起步，中华之梦定能圆。

黄山

茫茫云海揽翻天，路在空中人在旋。
徒崖暮鼓松涛曲，古刹晨钟天籁禅。
林茧香花湖镜秀，烟遮怪石乳蓬悬。
山门醉客作狂语，天下风情在此山。

■ 吴承曙

问津行（五古）

自序：壬辰十月，诗城听课毕，告辞金嗣水老师、方建平老师。余欲弃地铁而改乘公交49路，奈不知站点。俄见二公，气宇高朗，神态闲雅，飘然而过。亟拜询，乃同居洋泾社区之诗师也，一为沙翁水清，一为沈翁钧山。且沙翁与余同皖籍、同职业、同居地，谓之三同。归家后，旋随山、水二翁入洋泾诗社，拜见社内诸君子，与语大悦。因抚掌高歌，不论平仄，独舒胸臆而已。歌云：

我辞金方师，青松城已静。
吟鞭正东指，徘徊未能进。
问津识二翁，此生真有幸。
我居沈家弄，一翁沈为姓。
或为祖宅地，书香今犹盛。
我自江淮来，一翁出皖境。
三同已称奇，爱诗俱如命。
天公巧安排，为我开三径。
洋泾有诗社，吟咏响玉磬。
入社拜群贤，唱和增高兴。
济济汇一堂，诗比林花胜。
我性虽懒拙，尤愿共酩酊。

■ 葛贵恒

上庄行

新安翰墨香，萃集上官庄。
秀出兰花草，山高水自长。

注：上庄亦称上官庄，在安徽绩溪县，胡适先生故里。

无题

——写在傅雷故居前

读罢斯人温译著，寻踪故里见空庐。
遗笺墨迹斑斑在，清白人生一部书。

注：傅雷先生非命于文革，弥留之际，将所欠他人债务及偿还方式，遗书作详尽交代，别无他言，书毕饮恨离世。

题内史第

宅在川沙为世用，一门俊杰早蜚声。
遗存整复今犹在，作伴新涛唱大风。

■ 葛海熊

师生莘庄公园探梅

卯月花开斗晓寒，红云绿萼不孤单。
清妍满目凌霜展，情趣藏胸落笔难。
弱冠绉诗情切切，古稀作赋路漫漫。
贤师赖有勤教诲，字妙词妍意兴阑。

回泗泾

携友寻春我争先，故乡无处觅晨烟。
新城鸟语栖疏竹，旧邑人喧续旧缘。

相伯教书传后学，量才反独效前贤。
杪春煦日凌云志，斗酒诗千四水边。

㊟：“四水”，为故乡的四条泾。

■ 韩从艾

端午印象

岂止神州遍粽香，银河万里竞舟忙。
当年屈子离骚赋，今日文人诗赛狂。
汨水深溶亡国恨，五湖长啸失礁殇。
吾将畅泳黄岩岛，更嘱儿孙永保疆。

茶花赞

家园考美比三冬，唯有茶花总冠雄。
月季傲冰曾断档，曼佗斗雪永无终。
极寒冻地开奇艳，万瑟枯丛立靓红。
不待春来观万紫，只携皇后醉香宫。

■ 洪金魁

忆秦娥　中秋两岸同瞻月

中秋节，情牵两岸同瞻月，同瞻月，百年期盼，今宵愈切。　　贤人制定和平策，两边来往三通热，三通热，金瓯一统，九州同悦。

风入松　重阳

金秋时节桂花香，郊外好风光。登高望远心宽广，精神爽，日暖风凉。环顾周边田野，喜看秋菊金黄。　　老朋新友聚华堂，九九话重阳。逢君又说家国事，新风尚，正气高扬。展望前程似錦，妪翁共享繁昌。

■ 吴才坚

中秋夜

秋风送爽入门凉，闲坐阳台看月光。
淡雾飘飘添胜景，繁星闪闪洒吉祥。
嫦娥妙舞舒仙袖，金桂轻摇动蕊香。
人道天涯同此夜，相思遥寄写文章。

游崇明岛

车轮滚滚赴崇明，又有乡村又有城。
仰望高楼如画册，近观田野遍桔橙。
游人接踵惊秋燕，海水催帆逐小鲸。
夜色霞光江浪起，歌声飞鸟送归程。

游龙藏谷

路转峰回优美景，风和日丽莫蹉跎。
金霞湖内微波滚，石寨山中古迹多。
水岸青松千鸟唱，源头秀谷一泉歌。
弯弓月亮挨天挂，贵客陶然满绿坡。

■ 伍伟民

答谢姚梅乐赠诗

百年酷暑有缘由，消夏无如作卧游。
口诵佳篇山水乐，清凉汩汩上心头。

华师大二附中八七届二班校庆五十周年聚会

花黄云碧雁初飞，二附中间笑语回。
昔日文章真烂漫，今朝衣马自轻肥。
无情岁月催人老，有味年华添锦辉。
乍见惊疑又高唤，相邀叙旧要频归。

癸巳咏岁诗草

每逢巳岁说灵虺，独赞蛇仙爱许卿。
盗草昆仑还肉骨，水淹法海唤人情。
往年异类怀慈善，今日环球遍抗衡。
回首断桥风浪晏，祈年人世属杭城。

■ 贺惠芬

清明祭母

愁云薄雾雨纷纷，郊外匆匆欲断魂。
松柏含悲奉昼夜，杜鹃啼血向黄昏。
慈颜梦里尤常见，母爱心头更永存。
祈愿安详天护佑，来生再聚报深恩。

山乡月夜

浮云皓月缀苍穹，田野披银远树朦。
隐隐清泉流石涧，幽幽夏蚰出深丛。
晚风徐拂凉庭院，佳茗流芬白玉盅。
山道弯弯情侣影，人间美景胜天宫。

鹧鸪天　等

汽笛长鸣离别难，问君此去几时还。浦江春雨无归燕，黄土秋云盼信函。　风瑟瑟，水潺潺。路遥相望万重山。忠诚不渝佳期待，不信今生月不圆。

■ 秦史轶

浦江秋日

一夜豪霖洗碧峰，半江秋水没芙蓉。
东来雁字隐轻雾，窗外夕阳窗外钟。

壬辰清明后三日为祭事返乡

人间三月看芬芳，毕竟茅椽是故乡。
焚纸随亲行俗礼，响鼙催泪洒泥墙。
哪家稚犬吠新草，此处春苗伏野塘。
寥落青檐沉暮色，田头无主菜花黄。

浦江仙华山纪游

云载雾围浮太空，天门飘渺紫烟浓。
驼经宝掌走青马，乘羽元修梦白龙。
翠岫听风轻暮鼓，深泉漱玉响晨钟。
此时揽月山庄客，共话仙华廿四峰。

家植龟背竹十载因以记之

一夕移来绿意匀，十年寒暑守昏晨。
风来摇曳方增色，人去悠闲若绝尘。

老叶初焦添古趣，新芽已卷见天真。
碗泥杯水寻常得，此物无声最可亲。

■ 钱 衡

渔家傲 咏菊花

雪月芳姿风景异，昂然不惧严寒至。粲粲初开无顾忌。孤赏矣，西风飒飒平常事。　　花影婆娑情细腻，今宵夜色思无际。不尽相思明月里。人未寐，幽幽淡月徘徊起。

忆秦娥 咏马蹄莲

姿影洁，亭亭楚楚临风雪。临风雪，激扬清浊，欲羞明月。　　从中独秀崇高节，盈盈仪态谁能越？谁能越，只缘自爱，素心刚烈！

南歌子 咏蒲公英

白白轻盈态，翩翩朵朵花。枝条细细洁无邪。遍野漫山飞舞向天涯。　　传递新生命，年年映翠华。田头采撷夕阳斜。丽影婆娑纷落到谁家？

■ 夏雪君

浪淘沙

翦翦晓风寒。梅萼飘殘。一堤柳色有列间，过眼霜风才几日，又绿江山。　　旧雨散如烟，心事谁牵。道声珍重托流年。昨夜星辰今夜雨，都在吟边。

浣溪沙　读友人情诗戏赠一首

九畹兰香信未知。低徊河畔觅相思。绮怀无赖似垂丝。　　红豆携春春隐隐，绿槐破梦梦痴痴。天涯吟望叹栖迟。

浣溪沙　闲步偶感

凉月无声镜自磨，依风杨柳影婆娑，晚蝉断续不成歌。　　梦笔无花常恨晚，江溪拾翠尚无多，一年景事总蹉跎。

临江仙　学词感赋

梧叶飘黄堆石砌，小楼风送黄昏，吟边万感是秋魂。霜花三径老，烟月几番新。　　识得花间惆怅语，深情一驻谁论。千年风雨尚留痕。红尘多少恨，都化笔端尘。

霜林集叶

叶元章诗选

江上四绝

一

天上何处植灵根，四野腥风尽掩门。
孤愤未平人已倦，忍教江上滞诗魂。

二

风来江上人无语，落寞情怀百计非。
时事愈艰诗愈苦，倩谁题句吊钭晖。

三

伫看江月一钩弯，短发临风泪暗潸。
恍似青衫曾湿处，琵琶声在有无间。

四

沉郁年年志未舒，江头踯躅问盈虚。
浊流滚滚深难测，谁唤清风入敝庐。

纪梦

阶前滴沥动秋声，梦入云霄第几层。
诗意朦朦雁飞远，轻舟一夜到鸿溟。

夜吟

何来深夜弄箫声，一曲依稀旧日筝。
雨打芭蕉空淅沥，灯前逐句更怀情。

携孙女赏桃花

娉婷豆蔻净如纱，映面挑花艳若霞。
难得浮生闲半日，携孙觅句品新茶。

咏桃

几株杨柳几株桃，满院花光日影高。
不问今年春去处，书包放下读离骚。

奉和姜玉峰先生

一

久闻辞赋迈清秋，台阁高吟据上游。
江左风华情不老，日边虹彩韵长流。
承平未负三才约，高义还渐夙愿酬。
多谢殷勤飞简意，从来雅士不搔头。

二

想望清嘉又几秋，正声雅韵竹边楼。
霞飞溥上帆多彩，笔落人间雨打头。
几处波平鱼戏浪，何时云散月悬钩。
人生直爱久萧瑟，唯见青溪日夜流。

王汉田词选

满庭芳　中国梦我的梦

想那年头，虎狼猖獗，水旱兵祸无穷。百疮千孔，何处不哀鸿？多少忠魂饮恨，空怅望、悲愤迷蒙。千秋梦，复兴民族，追索总成空。　匆匆。思百载，心潮涌动，骤雨狂风。铁戈扫阴霾，肇造奇功：探月嫦娥待发，大洋上，潜底蛟龙。情怀抒，斑斓华夏，光耀宇寰中。

西江月　情系钓鱼岛

一

小丑跳梁东亚，唐僧肉诱馋狼。一帮右翼忒张狂，海上掀风作浪。　　岂任尔伸长爪，加强立体巡航。铤而走险六神慌，惟恐迎头一棒。

二

东亚之狐心野，妄图修宪嚣张。几朝拜鬼入黄粱，靖国阴魂游荡。　　银燕翱翔东海，蓝天初试锋芒。同仇敌忾气轩昂，怒遏惊涛骇浪。

钗头凤

馋猫口，包房走，软柔乡里魂销透。靡音烈，欢情惬。身为公仆，德行沦灭。蜕！蜕！蜕！　　心灵丑，名声臭，自家来把牢门叩。空望月，徒悲切。法规红线，岂容逾越。不！不！不！

㊟：近日电视爆料，上海高院某庭庭长陈雪明、副庭长赵明华等四人集体嫖娼影响极坏，宣布“双开”，拘留两周。案件还在调查中。

少年游　游安徽琅琊山

一

景区车影似长龙，寻胜望西东。天光云气，奇花异水，满眼郁葱葱。　　林间漫步通幽处，忘却在山中。松下流泉，神迷佳境，疑我化顽童。

二

琅琊深秀翠千重，峭壁石生松。风光旖旎，涛声响处，霞染夕阳红。　　悬知太守非耽醉，未迈自称翁。传世文章，留芳江表，持节不随风。

霜天晓角　游醉翁亭景区

青青修竹，飞鸟鸣空谷。凫渚鹭汀泉响，弦歌绕，谐心目。　　览余台远瞩，琅琊披翠绿。浏览宋遗微醉，忆太守，清风续。

朝中措　祝贺颍士随笔付梓

畮城一卷誉同伦，颍士笔如神。琢句雕章妙手，推敲晓月黄昏。　　盈盈硕果，悠悠韵笛，淡雅清醇。吟圃花繁叶茂，风光尤觉迷人。

朝中措　贺金杰同志文萃集付梓

练补一杰劲无穷，豪气贯长虹。高唱平平仄仄，心雄比拟诗翁。　　寒窗纵笔，骚坛文萃，姹紫嫣红。山外青山峻峭，前程隐约高峰。

风云酬唱

颂寿期颐

■ 黄思维

奉祝周退老百岁华诞

海上周公衆所钦，百年曾历路岖嶔。
平生未有折腰事，老去依然拥鼻吟。
为有文章高着眼，只缘功利少萦心。
吾人喜作期颐颂，夕照安亭灿似金。

注：先生新刊《退密诗历五续》。

■ 周退密

思维词兄以佳章见祝步韵奉酬

除却圣言焉足钦，孔庭论学永嶔嶔。
百年瞬息看云变，万事纷纭抱膝吟。
宅毁犹存彭泽柳，身衰未息老瞒心。
喜君诗句逢秋好，正似东篱菊绽金。

注：月湖一柳为吾兄弟手植，今犹存。

■ 徐培均

贺周退老期颐大寿步思维兄原韵

韵海茫茫孰所钦，高华婉美格崎嶔。
词宗淮海维扬颂，诗尚青莲天姥吟。
干部文风谁可宝，儒生情致我经心。
安亭五续襟怀敞，老树生花色似金。

鹧鸪天唱和

■ 周退密

五月二十三日傍晚承老友培均教授枉过话旧喜记一阕是日君以甫出版之大集岁寒居吟草一册见赠

相识相知不计年，何期草阁揖词仙。都缘文字成交契，喜藉谈言返古先。　淮海集，创初笺。艺林沾溉奕世传。岁寒松柏知难老，花草三春妍更妍。

■ 徐培均

五月二十七日获百岁翁石窗词丈赐词走笔奉和

兀兀芸窗年复年，瓣香淮海远中仙。一灯乐苑凭谁继？百种丛书未敢先。　清真集，续吟笺，周家大晟赖君传。安亭高阁临江浦，簇锦榴花分外妍。

㊟：“中仙”，宋词人王沂孙，其词意难晓，故远之。“百种丛书”，上海古籍出版社《中国古典文学丛书》已出版百种，钱仲联位居第一，鄙人次于其下。

■ 黄思维

徐培老见示与百岁翁石窗词丈唱和之什因以继声

难得清和月闰年，浦江高会两词仙。世推淮海情辞美，人仰濂溪德行先。　看妙手，洒华笺，锦囊诗句递相传。岁寒居外安亭阁，却望余霞晚更妍。

㊟：孙竞《竹坡词序》：“昔蔡伯世评近世之词，谓苏东坡辞胜乎情，柳耆卿情胜乎辞，辞情兼称者，惟秦少游而已。”　今年为闰四月，下次闰四月为2020年。

往事烟尘

■ 张立挺

收到武健华前辈所寄《世纪》杂志读《尼克松总统访华安保揭秘》

武老健华公：蒙前辈垂爱，每有大作刊登，总让我同享快乐，深表谢意。天气大热，望多保重。我明日将赴张家界一游，行前作小诗一首奉上。

一段风云见证人，翻开岁月拂烟尘。
灯前每敬千秋笔，文美情纯叙事真。

■ 武健华

恭和张立挺先生书赠

如烟往事历艰辛，欲录风云示后人。
笔下文章留史册，不求华丽但求真。

秉笔丹青

■ 沈　康

秉笔丹青

重温历史，饮水思源。特绘制了马克思和恩格斯两位科学共产主义创始人的形象，以作纪念，并诗一首：

昭日春风暖草根，善观唯物识乾坤。
人间莫道芳菲尽，秉笔丹青报马恩。

■ 武健华

收沈康老同学马恩画像感赋

步和秉笔丹青原韵

水有源头树有根，东风浩荡绿乾坤。
青青松柏高千丈，枝叶难忘雨露恩。

云间遗音

林哲夫诗词选

游香雪海

邓尉遍山梅，迎春烂漫开。
风摇满地雪，香染一身回。

登八达岭

高风秋日旷，送我上居庸。
万里炎黄脉，千年秦汉宗。
关随山势起，塞负夕阳重。
闻道飞船过，依稀辨古踪。

山海关临眺

嘉峪西来万仞山，神龙衔日到辽湾。
雄称第一封疆地，管领神州八百关。

无题

风狂雨急起轻烟，长夜惊雷欲裂天。
忽忽云消何处去？疏星远挂半空间。

宿天涯宾馆

拾得海边红豆回，潮声月影烛光陪。
未知今夜相思意，那个天涯入梦来。

注：当时停电，宾馆点上蜡烛照明。

友人赠文房四宝

砚池日日濯人生，笔架如山风雨惊。
一管霜毫何处洒？松烟散淡数峰青。

依原韵奉和友人生日感怀作答

东风曾负好年华，梦醒难追明日花。
呼友欲寻红叶讯，晚霞似火对窗斜。

黄山行

大障雄姿秀色妍，氤氲七十二峰烟。
青鸾桥隐半山寺，紫石崖连百丈泉。
千步云阶趋碧宇，万堆巧石落青天。
举杯欲注银河水，洒向人间育稻田。

㊟：“大障”，黄山之古称；“云阶”，指百步云梯。

登泰山

势凌大野山河小，遥望天门一线斜。
岳顶楼台横斗宿，岩边碑碣织云霞。
虽无琥珀盛芳酒，亦得珊瑚拌海虾。
万级千阶盘十八，人人可到玉皇家。

㊟：登南天门须经十八盘，遥望似一线挂天，故诗中称“一线斜”。沿山的岩石上刻有历代题词和碑文，锦绣文字与五彩云霞相映照，故云“织云霞”。又，泰山古时盛产琥珀，雕为酒杯尤佳。“珊瑚”是当地产的一种植物，可与海虾拌食，是当地一道名菜。

访严子陵钓台

碧浸富春千壑涵，桐江九曲到严岩。
峡中云卷双台梦，濑上风催七里帆。
西岫文章思正气，东陵亮节仰平凡。
山亭久坐尝茶罢，不觉清岚湿布衫。

㊟：“双台梦”，严子陵钓台分为东西两台，东台即严光隐居垂钓处，西台是宋末谢翱哭文天祥处；“西岫文章”，指谢翱西台祭文天祥写下的《登西台恸哭记》及诗《西台哭所思》。

南京路步行街

七宝灯霓十里长，绮罗满巷竞时妆。
百年金匾家家好，一路春风处处香。
凯座笙歌倾玉液，梯台莲步演云裳。
五洲宾客如潮涌，黑白棕黄各尽觞。

㊟：“金匾”，金字招牌，南京路遍布名店、老店。各店都以优质服务和热情待客争胜，故云“一路春风”。“黑白棕黄”，指世界各地各种肤色游客。

上海大剧院

水晶宫阙镂冰雕，剖月为檐鹤翅翘。
银笛繁弦欢乐颂，黄钟大吕念奴娇。
茶花不谢天鹅舞，绿绮重闻舜乐调。
曲罢知音牵手去，星厅相与祝良宵。

㊟：大剧院顶为半月型，白色屋檐似仙鹤振翅。“绿绮”，相传为司马相如之琴；“舜乐”，指古雅之乐；“星厅”，大剧院八楼有“望星空”宴会厅，可观景。

上海博物馆

地维四角拱旻穹，天禄骄骁守鼎盅。
石斧陶泥传黑釉，龙纹兽面识青铜。
磨痕凿凿昌明远，锈迹斑斑剑火熊。
史路纵横心路粲，归来更爱九州雄。

金茂旭日

沪上群楼百媚生，莲花冉冉日初明。
金茎晰露玻璃壁，茂苑酺筵玛瑙罂。
汉韵萦回和凤律，欧风荡漾绕莺声。
推窗疑是天河浪，却见申江万舸鸣。

宝鼎现 晋唐宋元书画国宝展

——上海博物建馆五十周年庆

仲冬时节，博馆门外，人如潮注。都只为、京辽瑰宝，盛世相逢临海沪。遇邻里、正绘声誇说，河上清明先睹。便道是、南疆北域，万里飞来何负？　　晋韵唐法源流远，见真笺、灵动心翥。千古事，悠悠可会，天上人间同感悟。叹笔底、有峥嵘六代，日月山川凝聚。数十幅、孤珍绝品，昭示文明传佈。　　秘阁深藏，钤累累、沉浮几度。记神州板荡，多少霜风雪雨。看今日、终归黎庶。尽将烟霞吐。展长卷、扬我中华，国气民魂永铸。

金缕曲　寄沪上诸友

粤国几年矣！叹人生、离多会少，白波飞矢。两鬓萧萧今已减，尘梦东南万里。回首处，衷怀难慰。翠袖红巾无须唤，问诸君，谁有英雄泪？浮大白，共沉醉。　　未名至此成名未？忆当时，吟诗结社，紫毫初试。酬唱猗园冲云鹤，尽是青春意气。庶几似，唐人韵致。休说文章千秋事，向西风、欲品莼鲈美。餐细脍，劝知己。

㊟：“白波”，喻水流，也喻时光。李群玉《题金山寺石堂》：“白波四面照楼台，日夜潮声绕寺回。”

九州吟草

■ 星　汉（新疆）

癸巳春与研究生北庭遗址留影后作

振臂高呼后，天山列画屏。
野林初过雨，飞鸟正梳翎。
学问老西域，风云壮北庭。
诸生应胜我，珍惜满头青。

木垒河水库

大坝拦苍莽，岚光聚一湖。
峡开飞白浪，风落扫黄芦。
客梦频来往，诗魂似有无。
残阳已沉醉，犹待雪山扶。

巴里坤尖山晓日

朝阳血色染山红，犹记当年远凿空。
一脉清泉供饮马，战旗西去带雄风。

贺新郎　癸巳春重游岳公台感赋

轻踏云霞走。上高台、雪山长照，松涛乱吼。料想当年红旗展，血色风穿甲胄。鞭指处，天摇日瘦。西望王庭胸胆壮，岳将军毕竟汤阴后。廊庙上，未猜透。　　功名如梦悲苍狗。却赢来，千秋姓字，林丘相守。巴里坤湖波浪涌，洗我心潮无垢。搔白发，性情依旧。不是寻常游览客，为英魂编写诗章久。今又到，一低首。

㊟：拙著《清代西域诗研究》将岳钟琪《容斋诗集》列专节。

■ 杨叔子（湖北）

西江月　元宵前稿毕漫步校园即兴

赶罢三篇文稿，哪知春节多长？客来邮往固然忙，心血全倾纸上。　　漫步校园尽兴，微风吹拂微凉。乍惊已是好春光，处处山茶怒放。

㊟：正月初一（2月10日）至正月十四（2月23日）赶完三篇约稿。

参加湖口起义一百周年纪念座谈会感赋

前承辛亥继辉煌，后启勋功护国章。
撼世檄文醒万众，惊天战炮动千方。
石钟永镌英魂伟，仙洞长埋烈骨香。
虽败犹荣经史证，百年重读此华章。

㊟：首联指1911年10月10日辛亥革命，1913年7月12日湖口起义，1915年12月25日护国运动；“撼世檄文”，指先父杨赓笙起草之湖口起义讨袁檄文，震撼当世，事见先父遗著《只凭天地鉴孤忠》；颈联指在上石钟山的神仙洞旁，葬有湖口起义烈士周璧阶等人的尸骨，且此事为我父亲在起义时一手筹办。

■ 梁　东（北京）

壶口黄河瀑布

落天走海御长风，咆哮雍容襟抱同。
揽尽人间污浊水，大柔上善是深衷。

尧庙

启蛰通津日月开，贤君草莽一声雷。
乾坤揖让尧王庙，世代神追击壤台。

㊟：尧王故里在今临汾城郊。

秋风楼

秋风飞动大王辞，箫鼓旌旗入酒卮。
汾水中流掀激浪，铙歌还唱少年时。

㊟：汉武帝曾在汾阴（今万荣）大祭庆典作《秋风歌》。

鹳雀楼

襟披风雨万夫雄，都在登高一望中。
莫为烟云遮老眼，戍楼挺立八旬翁。

■ 孔汝煌（浙江）

癸巳感春

三天霾雾一天晴，开了桃花谢了樱。
叶展园蕉旗展翠，丝多杨柳鸟多情。
莫叹春色难留住，且喜芳林已化生。
人生何须伤往事，风风雨雨近清明。

踏莎行　清明时节柯岩双亲坟前

鉴水长流，柯山永记。妆楼针黹罗纨绮。梦中羞绣彩鸳鸯，隔帘媒妁催芳蕾。　　衰草丘坟，白头祀祭。岩塘春草伤心碧。世危长忆育儿艰，年年唯有清泉酹。

踏莎行　州山

荫宅临河，繁枝枯躯。风云见证明樟树。忆曾嬉戏聚顽童，而今皓首重逢汝。　　庙祀山在，情苏孰诉。前尘犹得红楼晤。人生何处寄离怀。鸿飞七十余年误。

■ 沈利斌（浙江）

地铁

凿地成衢路未谙，何分西北与东南。
飞车一霎苍茫里，如寄人生尘梦酣。

生辰夜有题

经年碌碌逐车尘，却向江边寄此身。
孤鹜飞来不相识，一宵明月露珠匀。

鹧鸪天　暮春游湖

落尽蔷薇又一春，了无情思觅幽真。听残细雨参差梦，栖稳浮鸥自在身。　山泻墨，水余醺。兰桡点湿碧罗裙。越歌飞向云端里，更有谁人卧白云。

■ 郭世泽（北京）

额旗怪树林

怪林方引望，已自感心惊。
虬干摇天舞，残躯遍地横。
曾言因乏水，也说怨刀兵。
多少枯荣事，相留后世评。

㊟：怪树林是大片的胡杨枯死后形成的悲凉景观，传说也是黑水城守将黑将军率军突围后一路征杀，在此处全军战死而形成的不屈魂灵。

嘉峪关望月

皎洁中秋月，悠然吐玉晖。
流光人独立，掠影雁双飞。
戍客伤心醉，游人思梦归。
凭窗遥望处，不禁泪沾衣。

鸣沙山怀古

漫漫征尘路，旌旗遮满天。
长弓惊野雁，浊酒伴胡婵。
细水千秋月，鸣沙万里烟。
虎牙出塞去，横槊啸燕然。

㊟：鸣沙山麓有月牙泉。燕然是山名，在今蒙古境内杭爱山。东汉时窦宪追击匈奴，出塞三千里至燕然山，刻石记功而还。

■ 何　鹤（北京）

衢州行一组

观江郎山

妙笔终归大自然，轻描淡写即成篇。
铺陈手段凭云雾，抹去标题一线天。

看飞人穿越一线天

江郎秀色趁风烟，大幕徐开天地间。
毕竟飞人小角色，原来主演是青山。

三卿口古瓷村

土窑几座小村边，翁妪凝眸说变迁。
剥旧墙皮翻往事，搜残瓷片认当年。

■ 许忠泰（海南）

茉莉花

庭角篱边随处长，温情本性爱熙阳。
不须显贵争华丽，总是无私送馥芳。
万绿丛中千滴玉，百家诗里少评章。
熏成名饮传天下，一片痴情溢远香。

夜读有感

静寂小城寒夜侵，且归书苑觅知音。
灯前伏案诗魔扰，月下凭栏词韵寻。
笔底千言唯学笃，胸怀万卷赖功深。
人生最贵书常读，领略风骚诵古今。

临江仙　多文岭

越过林涛胶树，登临盆岭云烟，环山四野艳阳天。值风和日丽，盛世忆当年。　往昔买愁僻地，如今万顷良田。沧桑巨变史天先。欲知前底事，众志谱新篇。

㊟：盆岭，即多文岭。买愁，来自胡铨的诗句，南宋宰相胡铨被谪来海南，路过临高县多文地区时，曾口占七绝云："北往长思闻喜县，南来怕入买愁村。崎岖万里天涯路，野草荒烟正断魂。"

■ 赵冬洪（新疆）

乡愁

一轮明月伴年华，淡淡乡愁似笼纱。
笔底情怀常问柳，枕边绮梦总飞花。
清风有意梳芳草，曲水无心恋落霞。
缱绻红尘终是客，人间何处是侬家。

笑红尘

早诵诗词晚弄弦，清音雅韵落流泉。
桃花浅笑春风里，白鸟悠然绿水边。
缱墨常随明月醉，幽怀也伴柳丝绵。
情来情去情难测，笑看红尘几世缘。

春日寄怀

雨润花柔香染襟，蝶蜂缱绻戏丛林。
春风秀笔描山黛，绿水烟波抚玉琴。
墨舞轻盈书好句，莺啼娇软袅清音。
心随美景飘窗外，欲向天边何处寻？

■ 王　勤（安徽）

春游安徽花亭湖

花光映日鸟绵蛮，风动云裳响佩环。
天有霞笺开画境，我无水墨点春山。
将身轻倚凤凰石，托梦常回月亮湾。
观景亭前人似玉，青峦明镜拥烟鬟。

学诗

枯吟竟夕未能安，文字功夫倍觉难。
书卷积来千古厚，梅花耐得十分寒。
但须累日添炉火，敢望他年折桂丹？
有限浮生多少梦，于无声处自凭栏。

蝶恋花　过凤阳中都古城遗址感怀

六百春秋如在目，旧址荒城，一部风云录。天下纷纷争逐鹿，斜阳蔓草惊翻覆。　　轻叩青砖心似束，故事摊开，页页残边幅。字里兴亡墙上读，霜弦冷月苔痕绿。

洞仙歌　黄山翡翠谷

池生五彩，晤春风如面。幽谷深潭碧连片。漾晴光，镜水澄静无波，尘烟外，放出青山一卷。　　心笺留画稿，谩展芳华，明月清歌吐清婉。我欲问生涯，此是何年？闻天籁、白云翻转。叹世路悠悠几回环，梦塞满乾坤，尽成虚幻。

■ 涂运桥（湖北）

九马画山

青罗带上百花飞，九马奔腾万物晖。
我乞天公神力助，画山笼入袖中归。

卜算子　七夕遣怀

天地本无愁，河汉何来怨？一片星辉落满杯，却被流云断。　　夜半笛声长，相聚总嫌短。渌水亭边未了词，明日同谁看？

拜星月慢　寄怀

月照红裙，尘侵双鬓，转眼流年又换。逝水无情，怕天涯云断。念谁在、白玉桥边凝望，淡竹翠柳，孤帆人远。堤畔春回，恨垂杨难剪。　　梦依稀、莫立空庭院。忆当时、素手曾相挽。一夜小窗闲话，惜良辰难返。盼长风、送我江南岸。重楼锁、野鸟声声唤。值深夜、千种闲愁，逐星河漫卷。

■ 贺崇俊（湖北）

咏水仙

郁郁非葱非韭黄，纤纤玉指绿衣裳。
有心踏石过河去，何学伊人水一方。

荷花

立定池中志未移，自将姿色比虹霓。
芙蓉菡萏凭人叫，从无嫌我出污泥。

■ 邵红霞（吉林）

题乾陵无字碑

峰开司马道，翘首望长安。
碑碣身难老，周唐梦已残。
志曾空日月，谁可解梅兰？
心有千千问，莫当无字看。

琵琶仙　醉游河间光明大戏院有思

今我来兮。画梁旧、昔日明光难继。花影香鬓曾经，箫歌舞仙袂。云板脆、蛮腰俏脸，彩声爆、月惭星坠。乐睹名伶，争听反调，休笑痴醉。　　总当惜，无限风光，转圜处，华年已轻去。时叹喜悲离合，此生真如戏。楼阶仄、包厢两列。可唤来、热茗瓜子，细品流水西皮，个中滋味。

■ 何少秋（吉林）

逢友

母校楼前遇故人，当年情趣又翻新。
倾心绿柳黄昏后，醉饮今宵月一轮。

归乡侍母

当年背井落荒村，常捧家书掩泪痕。
鬓上凝霜悲岁月，堂前奉母享温存。
煌煌名利浮华梦，缕缕温馨驻孝门。
落叶归根融夕照，人生难报是慈恩。

■ 孙忠英（河北）

磨刀人

一嗓吆声昔岁过，斜阳勾勒影微驼。
单车犹辗风尘事，条石曾流苦涩歌。
祛锈除痕听霍霍，穿街走巷笑呵呵。
今承节俭开新刃，又蘸光阴细细磨。

修锁匠

惯许玄机腹内藏，情知冷铁也柔肠。
能分曲直通灵窍，擅嵌丝毫扼秘簧。
岂放贪心窥牖户，堪羞蟊贼怯篱墙。
纵怀百万芯中事，不漏闲言到耳旁。

■ 陈斯高（江苏）

秋夕三首

一

兴废萦心感何深，总凭过往问当今。
圆明园里硝烟散，西塞山前锁索沉。
白铁无辜成替罪，零丁有幸入豪吟。
中华一梦鸣洪响，荡起殷殷家国忱。

二

鱼跃清溪鸟入林，一湾青翠柳杨阴。
渔郎张网分前后，立鹭吻波知浅深。
乡老不谈傜赋少，村姑总说累肩沉。
我抛长线殷勤钓，大愿欢怀一并寻。

三

梦是心花次第开，昂昂生命慕崔嵬。
情怀时盼三春雨，家国长鸣十月雷。
海样人心慈宅厚，秤般世事至公回。
老夫俯仰思凝重，一拍窗栏酒尽杯。

■ 刘兴超（广西）

寄舟中人

霜冷半窗蕉，空山酒一瓢。
知君亦不睡，月下望江潮。

咏扇

为君辗转为君摇，不恃声名不恃娇。
寄语汉家班氏女，休将哀怨作歌谣。

夜读

处处蛙声与水声，稻花香里月华澄。
王侯将相随风去，化作农家一盏灯。

■ 徐中美（浙江）

漫步西湖重温《白蛇传》有感

水干塔倒待何年？独羡蛇妖情义全。
不满人间多法海，断桥照影忆前缘。

西湖之春

雾阁云窗收眼底，迎风垂柳满苏堤。
六桥漾水登三岛，一夜吹香到九溪。
远浦帆轻飘旧雨，平皋草嫩出新啼。
桃花掩面春光里，最爱湖边双塔栖。

卜算子　西湖赏桃花

陌上醉霓裳，处处轻风舞。暖吐芳心九九消，羞唤东君睹。　　绛雪戏红云，霞染桃源土。西子生香不肯还，为有相思苦。

■ 贺中轩（广东）

西江月　红叶偶拾

有憾皆成昨日，有嫌更怕题诗。老来脸赧对贤妻，忆起当年饥馁。　　青发今皆霜发，舞痴长伴歌痴，小区锣鼓斗妍媸，返老还童游戏。

蝶恋花　桥前伫

感叹人生真似旅，带否行囊，兜取风和雨。荆棘披分谁偶遇，山盘水转疑无路。　　水挡前程桥与助，山隔风光，脚踏云霞妩。漫道回头从未许，回头但悟平生趣。

■ 苏　醒（河北）

躬耕桑梓

鬼斧神工辽蓟畴，不辞山海镂一瓯。
龙翔育出银黄洛，凤翥驮来金滦州。
万劫虫沙储霸气，千年雄史计风流。
蜉蝣桑梓恩难报，何惜卑身作马牛。

写尽青山

志取灵霄灿烂关，卑身惜处故园艰。
踏平天角寻灵妙，写尽青山窥豹斑。
每向流年植浩气，常于烦恼化清湾。
由来只做双重事，为宦为文皆错攀。

题千古滦州浮雕墙

2007年底，滦县文化公园地下走廊八百平米“千古滦州”大型浮雕墙竣工，迄今为止，这是国内第一家由县级建成的规模最大的浮雕墙。

风立沧溟雨立天，千秋雄史万年传。
麻岩有状雕清俊，碑口无形镌圣贤。
翘楚文魂凝紫气，群英翰墨矗烽烟。
风骚八百惊朝野，誉满名山第一巅。

■ 刘兴超（广西）

玫瑰

玫瑰十亩伤心地，三载殷勤未见花。
雨打风吹忽满树，为君泣血染烟霞。

山寺

竹下牵牛引蔓长，荷花带雨立残阳。
老僧禅罢浑无事，坐看蜻蜓过寺墙。

书愤

自古封侯须壮士，从来落魄是书生。
明朝鬓发白多少，一夜悲吟诗不成。

烟花

欲攀冷月比星高，无悔风流转眼消。
桃李牡丹花万朵，其中几朵入云霄？

■ 谭永伟（广东）

暮秋郊外寻吟

初霜映日斜，郊外几人家。
叶落随风乱，秋吟向月华。
摇舟穿绿水，载酒品黄花。
忽发陶然梦，浮思到海涯。

登广州白云山

白云山上白云飞，林壑岚风动翠微。
珠水深情藏秀美，仙羊降福播生机。
欣怀自有舒心曲，隽意何曾捲袂衣。
此日登临多感慨，摩星岭寄梦依依。

雪梅香　寻春感思

又新首，飞云几度缀长空。感冯唐易老，无情岁月谁同？芳草清流浸幽径，徘徊吟韵醉颜红。季鹰念，千里归乡，悲喜盈胸。　凭风，鸟啼处，绿叶葱茏，尽入眉峰。烟柳霞光，寻春怎辩游踪。只愿随缘系心乐，浮沉商海走西东。挥笺诉，多少情怀，都寄征鸿。

■ 林　峰（香港）

缅怀于右任

一

一代文才亦将才，江流遗恨陕西来。
苍茫满目诗人泪，慷慨当年壮志灰。
瘦马穷途悲日落，英雄老病哭云台。
残笳化作风雷气，百卅年秋故垒开。

二

立马风前老栋梁，苍颜泪满湿戎装。
山河破碎遗臣恨，剑气深沉夜角霜。
日落江头悲大海，云埋浪里哭斜阳。
榆关白骨秋寒甚，谁吊当年古战场。

■ 翁寒春（香港）

和林峰会长壬辰岁晚

一

遥遥故里数冰花，岁末冬寒竹影斜。
远客有思春信美，高台无忘月光华。
红尘策马难催笔，青鬓粘霜但顾家。
徒恨千山奔作嶂，满笺心事入云霞。

二

星空溢彩是烟花，如许佳音遍万家。
灯火盈窗添灿烂，柳黄破萼竞繁华。
频吹丝竹犹堪听，减却韶年莫叹嗟。
暂别尘嚣辞旧岁，春归林下漫烹茶。

■ 陈宜浩（香港）

桂花

园圃开花粉嫩黄，蟾宫弄影白银光。
不沾妩媚三春色，独放清秋九里香。

玉兰花

一树葱茏吐艳芳，千苞白玉对天昂。
少年曾采心头好，香梦牵魂归故乡。

千岁榕

撑起人间一片天，铜腰铁骨立千年。
浓荫常送征夫别，绿帐曾留醉汉眠。
新叶作箫吹旧梦，长须似笔记尘缘。
几经沧海心胸阔，气定神闲看大千。

■ 韦天罡（贵州）

答故友所问

长思卜隐在天涯，一亩荒田半亩瓜。
为读西厢赊月色，因怜蝶舞种桃花。
山中犬吠听风雨，楼外虫鸣看晚霞。
访友归来常醉酒，伊人扫雪煮陈茶。

故人索句以寄之

且凭杯酒证前因，小篆红笺墨未匀。
好梦长随蕉下鹿，痴心犹恋画中人。
情多不写怜花句，缘浅翻为陌路尘。
休问别来成底事，凝眸依旧等闲身。

答友人

疾如风雨静如尘，恨是虚言爱是真。
酒醉每逢山外客。心伤原为意中人。
归来旧念尤无止，别后佳期竟有沦。
回首当年追梦者，稻粱事业误清纯。

■ 龚国澄（江苏）

荷花

焕彩含香浴后妍，红装粉靥翠田田。
瑶池静坐三生佛，玉阙凝妆一品仙。
脱俗超凡姿绰约，吟风舞月意缠绵。
情长藕断丝难断，百子房中嬿婉娟。

牡丹

生成傲骨气轩昂，不愿轻佻媚女皇。
玉韵三分惊国色，诗魂一缕叹天香。
风前绰约朱唇小，月下雍容粉靥芳。
谪处嫣然轻莞尔，撩人思绪荡人肠。

■ 陈　莹（湖北）

见隔壁苦瓜过墙随感

浓阴偶见小花黄，攀尽枯藤过我墙。
许是生来心便苦，青春一脸老沧桑。

月夜偶得

清欢今夜更何如，小院无声月上初。
白壁横斜三两竹，迷离认作瘦金书。

■ 阙东明（湖北）

平林古渡

烟霞袅袅水横流，号子声中岁月悠。
万古沧波舟一叶，为谁风雨搏潮头？

踏莎行　访寿山

乌桕飞丹，山茶堆雪。松苍竹翠持高洁。澄湖叠彩入深秋。此番景象情何迫？　嬴政鞭山，青莲咏月。补天遗石多传说。龙泉寺里觅仙踪，暮云锁径浑无觉。

观鱼解牛

再谈“比翼齐飞”

■ 褚水敖

新诗与旧体诗的关系问题，是现当代文学的一个特殊问题，是五四运动至今近百年来悬而未决、时起时伏、错综复杂的大问题。它不仅是一个很特殊的中国文学的大问题，而且在世界文学史上，起码在世界诗歌史上，这样的问题也是罕见的。它还是一个很有特色很有意味的问题，如果你有兴趣深入其间，既能够窥见新诗与旧诗在各自发展过程中的五光十色，又能够在它们相互之间的比较中，遇见许多似曾相识可是没有清醒认识的诗歌创作现象，发现一些促进或者阻碍中国诗歌前行的带有规律性的东西。但是，这样特殊的很有意味的大问题，过去长期以来没有引起诗歌界以及相关各界的重视。近几年来，这一问题开始受到关注，但就关注的程度、显示的效果而言，还是很不理想。

在这里，我不想扯得太远，将近百年来新诗与旧体诗的关系的历史，需要专门的研究。我只是就当前牵扯到新诗与旧体诗关系的一些现象，谈一点自己的想法。

一年多前，在中国作协换届大会的工作报告中，总结文学创作的成就，用了“新诗与旧体诗比翼齐飞”这样的话。这是对新诗与旧体诗总体行进状态的高度概括。这一概括，如果用于对新诗与旧体诗将来行进的展望，当然十分确切。但用于一种既有的状态，就不是很确切了。这里作为肯定的陈述，表明新诗与旧体诗齐头并进的格局已经实际存在。而实际情况是：改革开放以来，特别是近十多年来，新诗与旧体诗都在突飞猛进是无疑的，但毕竟还是各自单飞，还没有真正形成比翼齐飞的局面。“比翼齐飞”关键在于一个“比”字，一个“齐”字。“比”就是形影不离，“齐”就是齐头并进，但实际上还没有达到形影不离、齐头并进。新诗与旧体诗比翼齐飞，还只是一种出于美好愿望的倡导。愿望的倡导毕竟不是愿望的实现。比翼齐飞曾经叫做比翼双飞，作为正式的倡导，其源头应该是在马鞍山召开的第一届中国诗歌节上。此后在西安召开的第二届中国诗歌节上，这种倡导的声势进一步高涨。这两届诗歌节，我都参加了。记得在西安那届诗歌节的“诗歌论坛”上，今天在座的谢冕老师、周笃文老师都就比翼双飞的问题作过热情洋溢的发言。近几年来，新诗与旧体诗各自又有了长足的发展，与此同时，对于新诗与旧体诗的相互关系，关注它们的相互学习，相互促进，也渐渐增加了话语。明显的例子是三年前中国作协召开的全国诗歌理论研讨会，以及一年多以前由中国作协与中华诗词学会、中华诗词研究院联合召开的新诗旧体诗创作研讨会，都越来越鲜明地主张新诗与旧体诗齐头并进，即所谓比翼齐飞。然而，直到目前为止，比翼齐飞依然停留在倡导、呼唤、希望的层面上，实际上的比翼齐飞的局面还远远没有形成。

尚未形成新诗与旧体诗比翼齐飞的局面，明显的表现可以分为两种，一是内在，一是外在。内在指的是新诗与旧体诗的创作状况和诗歌理论建设状况，外在指的是社会有关各界对于新诗和旧体诗的态度。就内在说，新诗与旧体诗还比较缺乏相互之间的创作借鉴与理论交流。就外在说，不少与诗歌相关的单位或个人，不能正确估量新诗与旧体诗的关系，特别是对旧体诗存有偏见。比如他们往往采取这样的态度：新诗毕竟是主流，而旧体诗毕竟是边缘，于是重新诗而轻旧诗。这当然是很不合理很不公平的，可是因为是一种很难动摇的定势，就无可奈何。例如我们上海一家在全国知识界相当有影响的媒体，对旧体诗一直十分轻视。我再举一个新近的例子，由中国作协主编的《作家通讯》，最近一期发表了一篇应该说比较有分量的文章。这篇文章相当充分地论述了作者对于2012年全年中国文学发展的认识，就各种文学样式分门别类地对去年的创作进行了评介。关于新诗，作者显然进行过一番深思，比较周详地分析了去年新诗的创作状况。然而，如此热情细致地评论去年一年中国文学发展的文章，竟然对去年蓬勃发展的旧体诗词只字未提！类似上述状况，我还能举出不少。这种状况，让从事旧体诗词的人们有点寒心已不是小事，而对于诗歌事业乃至中国文学事业的发展无益有害，显然更不能说是小事了。

比翼齐飞尚未实现，既有外在的原因，也有内在的原因。当然内因是主要的。就内因来说，如果深究一番，我觉得目前有一种现象值得引起注意，而且这种现象是无论写新诗还是写旧体诗的诗人共同发生的。什么现象？就是诗人对于诗的写作与欣赏仅仅局限于自己诗体的范围之内，各人自扫门前雪，对自己崇奉的诗体之外的诗体不闻不问。这种共有的现象，我称之为盲目性，一种与自觉性相反的盲目的心理表现。这种盲目性最为突出的展示是封闭性。比如写新诗的也好，写旧体诗的也好，都在努力通过向经典学习，寻求突破，得到提高。可是不少诗人或诗歌作者往往把突破和提高过程局限于自身，而缺乏对外的开放意识。也就是说，写新诗的只是在自己新诗的范围里汲取创作健康的营养，警惕致病的因素；写旧体诗的这种汲取与警惕，则只是在自己旧体诗的范围里，或者只是在古典诗歌的范围里，这种封闭性造成的损失是显而易见的。在这方面我有一个不成熟的想法，说出来向大家求教。在指出当今新诗和旧体诗在总体倾向方面的问题时，我想一般不会反对这样的观点：经过近百年的实践与探索，我们的诗歌创作有两大问题始终没有解决：就新诗来说，没有很好地解决民族化的问题；就旧体诗来说，没有很好地解决现代化的问题。这两个问题特别体现在诗歌的形式方面。多年来我一直在思考这两个大问题。我想，如果这两个问题确实存在，那么，就有一个如何才能求得解决的问题。如何求得解决呢？办法可能很多，也可能很复杂，但我认为最关键的解决办法其实比较简单，就是写新诗与旧体诗的诗人确立开放意识，各自向对方的阵营里寻求解决办法。因为新诗与旧体诗两方，每一方自身的短处，在对方却表现为长处。既然如此，各自以对方之长补自己之短，具体地说，旧体诗向新诗汲取现代元素，新诗则向旧体诗汲取民族元素，不就达到了相通相融、相互促进、彼此照耀、共同提高的目的了吗？当然，并不能断言，新诗就已经解决了现代化问题，旧体诗就一定没有民族化问题。实际上只是相对而言，长与短总是相比较而存在的。

在对待新诗与旧体诗的封闭性的问题上，我觉得最近有一些精辟的见解值得我们重视。比如，我注意到韩作荣老师在前不久一次关于中国新诗建设的研讨会上，提出了一个我认为十分新鲜而又非常犀利的观点。他认为当前新诗创作应该复活母语，沟通中西诗学。他不赞同将新诗与旧体诗分为两个源流，将两种诗体完全割裂开来。他认为新诗与旧体诗本质上是一致的，都是内在诗学结构、诗性意义的追求，不同的只是外部形体、格律及音韵的区别。韩作荣老师的这一观点是就新诗的创作而提出的，但对于旧体诗创作上存在的一些问题，同样可以得到启示。尤其是对于新诗与旧体诗的封闭性问题。他的观点很有针对性，既然本质上是一致的，封闭起来不是很可笑吗？

尚未形成比翼齐飞的良好局面，除了上述新诗与旧体诗各自的封闭性之外，还有一个很重要的原因是，新诗与旧体诗创作队伍中的不少人，仍然怀有一种盲目的优越性。两种诗体的优越性木来存在，是好事，但如果把优越性绝对化，认为惟有自己的花朵最为鲜艳，对方的花朵黯然失色，就成为一种盲目。这里涉及到古典诗歌。众所周知，中国新诗的产生是以一种彻底革命的形式出现的，在它诞生之日，就与中国古典诗歌断然决裂。于是也导致此后的新诗与旧体诗势不两立、你死我活。旧体诗在旧时曾经有过种种悲剧，悲剧的种子就埋在这里。而与此同时，新诗昂首天外，君临天下，它的优越感也就从此开始。说起优越感，新诗的优越之处确实很多，我曾经在一篇文章中这样评价："新诗在总体上顺应着中国文化的前进方向……在近一个世纪的前行过程中，它已经积累了十分丰富的经验，取得了足以为中国现当代文学增光添彩的丰硕成果。比如，它在驾驭各种题材时不受束缚汪洋恣肆的自由精神，它运用明白晓畅的语言捕捉意象、营构意境、酿造韵味的创造意志，它从内容到形式敢于打破一切窠臼、独树新旌的胆气、豪气与灵气等等。"然而，对于已经横有鸿沟的处于对面的旧体诗，在有些人的眼里它的优越之处由于盲目发挥而产生一种霸气，每每以自己属于主流诗体而不可一世，把置于边缘的旧体诗不放在眼里。与这种状态相类似，一些写旧体诗的诗人早先就对新诗抱有成见，认为新诗不过是没有脐带的舶来品，对新诗近百年来的巨大成就熟视无睹。尤其是改革开放以来，旧体诗蓬勃兴起，而新诗虽有很大发展却不断遭遇困境，写旧体诗的不少诗人就误以为新诗并无前途，而旧体诗前程似锦。这种十分片面的优越意识，必然将新诗拒之于千里之外，更不要谈向新诗学习，以新诗之长补旧体诗之短了。

隔阂新诗与旧体诗相通相融的，除了上面提及的各自的封闭性以及盲目的优越感之外，还有其他的一些原因，不过我觉得这两点是主要的。而且这两者又关系密切，甚至互为前提。因为封闭，就容易盲目优越；因为盲目优越，就越发趋向封闭。只有驱除了封闭性，改封闭为开放；驱除了盲目的优越感，改盲目优越为自警自省，新诗与旧体诗才有可能抛弃各自的成见，达到和谐之境。

附带我要简略地说一说新诗要不要向旧体诗学习以及如何学习的问题。我只用具体的事例来阐明其中的道理。近几年我十分留心孙绍振老师对于中国古典诗歌卓有建树的研究。他在这方面有不少文章我很欣赏。其中有几篇十分精辟地论述了古典诗话中的情理矛盾，特别指出清代一些诗话尤其是吴乔的《围炉诗话》提及的"无理而妙"，以及苏东坡对柳宗元《渔翁》诗的评论："以奇趣为宗，以反常合道为趣。"一个"无理而妙"，一个"反常合道"，最终的表现结果是一个"趣"字。而且不是一般的趣味，是奇趣，是妙趣。关于优秀诗文必须要有趣味，越有趣味，诗文也越是容易优秀，这是古今中外诗文写作的一个重要话题。梁启超在这方面有不少论述，他甚至认为没有趣味的诗文不可能是好的诗文。在一篇文章中强调“文学的本质和作用，最主要的就是趣味”。大家熟知的美国哲学家苏珊·朗格有一个重要命题“有意味的形式”，她认为的“有意味的形式是一种情感的描绘性表现，它反映着难于言表从而无法确认的感觉形式”，正是在强调意味即趣味的特殊作用。中国的古典诗歌里有奇趣与妙趣的佳作比比皆是，而我要特别指出的是，旧体诗里的一些精品，常常富有奇趣与妙趣。我不是贬低新诗，新诗里当然也有一些具有趣味的作品，但与旧体诗的同类作品相比，旧体诗明显高出一筹，尤其是旧体诗里那些“无理而妙”、“反常合道”的佳构，更是新诗难以比拟的。仅就这一点来说，新诗也应该向旧体诗学习。当然，也可以举出新诗的一些经典之作，说明新诗也有不少值得旧体诗学习的地方，我就不再展开了。

（本文系“新旧交融抒心声——新诗旧体诗创作论坛”发言稿，因作者曾发表《关于“比翼双飞”》，论及新诗与旧诗关系，故以“再谈”名之。）

尊重殊途　期许同归

谈古体诗词与新诗的生存与发展

■ 施　荟

一

显然不能把“白话诗”、“自由体”与现代的新诗完全等同起来，否则就会产生“新诗在中国古代早就有了”的错觉，再配以从先秦《诗经》、汉唐乐府、宋词元曲直到清竹枝词的一长串作品单，从而将古体诗词与新诗的本质差异轻轻抹去。如果我们不认为文学是一座游离于时代与社会之外的象牙塔，那就须充分正视近百年前崛起的新诗，在倡导“白话”、崇尚“自由”的口号下汹涌喷溅的社会、政治和文化潮流。正是这股潮流，决定了新诗的性质与历代的“白话诗”、“自由体”具有本质的差异。

新诗对古体诗词的否定和取代，是新社会对旧社会的否定和取代的一个核心内容和代表性领域，是思想和文化革命的“主战场”之一。在当年的诗坛，“打倒”、“推翻”的极端思维和过激行为，只怕比武装暴动差不了多少，区别只在纸笔而非刀枪、是墨汁而非鲜血。所以，把新诗的成就和地位与其自身的实力和能量完全等同起来，是不严密的；同理，把古体诗词的失落和衰微与其自身的停滞和弊端完全等同起来，也是不科学的。实质上，新诗通过对古体诗词形式的推翻，不但对其蕴含的思维模式、文学系统、语言规范进行全盘的否定，而且力图重建一个从形式到内容均为全新的诗的世界，进而重建一个全新的文化形态、观念系统和精神世界。这不仅仅是诗人群体的意志，更是整个社会的意志。另外，新诗之所以有恃无恐，是因除了不可遏止的创造力，还有不可阻挡的外来力。不少新诗诗人怀有“以西治中”、“以西代中”的念头，扮演或部分扮演了西方诗歌的鼓吹者和代言者。尽管仍是采用汉字写作，但他们不仅在作品中使用洋文及其音译，更努力向西方的创作思维和语法靠拢。

显然也不能把“文言体”、“格律诗”与古体诗词完全等同起来，因为“白话诗”、“自由体”恰恰正是中国诗歌的原初形态，并在此后文脉不断、屡现高峰，比如李白、白居易、杨万里、郑板桥。必须明确的是，历代的“白话诗”、“自由体”，与“文言体”、“格律诗”同属一个思想系统、文化环境和创作思路，它们从未作出对传统价值体系包括语言体系的破坏和否定。这恰恰正是当年的新诗人们感到深深不满、认为远远不够的地方。所以从根本上说，新诗与古体诗词的区别不是语言文白、文体严宽、格调雅俗、内容深浅的问题，而是在思想观念、价值理念、时代语境、思维方式上的差异。正是革命成功和社会转型形成的上述巨变，不但使新诗仅以短短十几年便横扫这个古体诗词的国度并取而代之，且因文化伦理的快速转移，以迅雷不及掩耳之势将新诗与古体诗词的本质差异抹平，更在此后数十年不断堆积并加强的同质文化伦理中，持续不断地将其抹平、抹平。

二

不过，当革命的激情逐渐消退，“柴米油盐”之类琐碎问题便会重新成为社会生活的主流。接着，“本体”、“诗性”之类根本课题也会重新成为文学关注的重点。出于自觉，文学往往会对革命激情主导下的观念及实践，采用历史和辩证的眼光进行反思和评判——这种自觉和行为虽往往生于细微，却正是文学超越自我的最可贵处，必须予以珍视、加以善用。

在诗坛，这种细微的反思和评判就出现在“战士”与“诗人”的距离被时间逐渐拉开之时，犹如在已被抹平的墙面上先是发出粒粒气泡，再是纷纷破裂。例如在革命时人们普遍认为格律是束缚创作的僵化锁链，必须打破这些锁链才能充分释放思想；但在和平后逐渐有人发现这站不住脚，因为历代诗词杰作早就证明了格律丝毫无碍于优秀诗人的心灵表达和才情流露。有人更发现，新诗的活力其实并不是因破坏格律而得到释放的，因为从格律中释放出来的劣作数量远远超过了佳作。又如在革命时人们大多认为诗词是封建士大夫们垄断文学的工具，而新诗才是大众呼声的代表、文艺回归大众的标志；但在和平后逐渐有人发现这也难以圆说，因为尽管出现了多次“全民写诗”的壮举盛事，但海量的作品与文学几乎毫不相干。既然与文学没关系，那么垄断也就不成立了。还是那句老话最管用——取消规则意味取消难度，提升大众性等于降低文学性。

事实上，所有的文艺品种都存在“规矩”与“自由”矛盾统一的问题。传统品种如诗词、戏曲等因积累较多而“规矩”较重，自由度相对降低，却换得了易被识别和有效传承的好处；新诗、话剧因积累较少而“规矩”较轻，自由度相对上升，却面临着不易判断和有机延续的坏处。而且在革命激情和大众运动中，新诗的“规矩较轻”通常成了“不要规矩”，在产出大量劣作的同时，自身也是渐行渐难直至难以为继。换句话说，新诗以取消“规矩”和拥抱“自由”否定和取代了古体诗词，却也严重地透支了自己。随着天才渐少、庸人暴增，直至“口水”漫天、“羊羔”遍地，当贫乏的思想和散漫的形式不能被表达的自由所掩饰，终离文学和艺术越来越远、离读者和作者越来越远。可见革命激情和群众运动虽然必要和可贵，亦须得到有节度的控制，否则其破坏力不仅针对革命对象，也可反噬自身，其后果是长期而又沉重的。新诗近三十年来的整体下降、持续低迷，可视为在时代和社会背景淡化以后，为超己的强势和过度的辉煌买单。

新诗在对古体诗词的革命过程中，采取了“双重标准”。

一方面，当攻击批判古体诗词时，新诗过于强调其内容（所谓消极内容）与形式的紧密关系，因否定其内容而完全否定其形式的意义。但实际上，诗词的文体是经过上千年的锤炼而完全成熟了的，它不仅适合文言文体，且从理论上适合任何时代的白话文体。另一方面，当实施自身建构时，新诗过于忽略自身内容（所谓积极内容）与形式的紧密关系，因追求其内容而基本放弃其形式的经营。新诗采取的“双重标准”，实质上便是将“规矩”与“自由”的矛盾统一割裂开来、分裂出去，从而导致自身的不完善和不成熟。难怪有诗人和理论家认为，新诗至今仍是一个尚未成型、尚在实验中的文体；新诗的文体要明确和稳定下来，还需再有一百年的时间。

于是，新诗要完成诗坛的启蒙任务已属勉强，而要构建和统领整个诗坛，更是此任难当。新诗的不完善、不成熟，原因恐不仅仅源于自身，而是来自于整个新文化运动的不完善、不成熟。在思想精神尚未成型、价值观念尚未完善、文化系统尚未稳固的情况下，对任何被革命的文化载体采用“双重标准”，都是必然的选择，其后果则是价值理念的广泛迷惘、创作原则的长期模糊。类似现象也出现在新剧身上，新剧对于戏曲的革命同样猛若雷霆，但在其后陷入周期性危机，其颠覆力有余、构建力缺乏的负面影响，至今未见消退。

三

古体诗词与传统戏曲一样，拥有一套历史悠久、成熟完备的形式体系，虽然繁难却能通过苦练而掌握，使其保留起码的艺术躯壳和传递可能。同时，古体诗词有树大根深的文人士大夫精神为底蕴、汗牛充栋并深得人心的经典作品为支撑，因此当代诗词作品是好是坏，较易判断，并因此具备较强的自省意识及能力。新诗的背后既无成熟稳定的价值体系，又缺足够强大的经典作品，就连好坏高低甚至是不是诗，也往往很难判别，因此鲜有自我批判精神及相应的功能。一个例子颇能说明问题——几乎每次重大的社会或自然变故，都能同时引发古体诗词和新诗的创作热潮。前者中出现的劣作，一般会招致内容和形式两方面的批评；而后者中出现的劣作一般很少招致批评，即便有也大多限于内容。与古体诗词相比，新诗更可能成为人们合手就用、用完即弃的工具，潮流一退，作品全消，其根本的问题就像浪涛之下的海底，未动分毫。

目前，曾经主流的新诗依然没有止跌抬升的迹象，而长期边缘的古体诗词却已发出重新崛起的信号。除了综合国力提升、民族自信增强、传统文化复兴等人所共知的原因，似也可以视为革命稍息、稳定抬头的“跷跷板”效应——社会稳定是传统回归的河床。

在中国，传统力量之强大远超想象——只要心灵深处尚有共识，便不会因一段时期的消失而彻底灭绝，而古体诗词的形式恰为这种共识的连接，提供了现成的轨迹。在当前，人们性格之复杂令人惊叹——喜新厌旧是一面，处新怀旧是另一面，许多人并不因为进入工商业社会而彻底抛弃农耕社会的文化产物。在众多外表纤尘不染的现代人的心田里，仍有一片抹不去的泥土，或大或小都需要农耕文化的滋润、播种、耕耘和收获，哪怕徒具形式。因此作为优质种子，古典诗词因其永恒的思想艺术价值得到再次种植；而尽管当代古体诗词多以外在形式向经典致敬，依然可以得到不少青睐。古体诗词的问题在于，在对现实内容与传统载体如何融合的系统理论和有效方法上，始终缺乏理性的思考和行动，缺乏成功的成果和经验。

新诗因在传统共识和内心需求方面显得不足，尤当创作遇到瓶颈、人才面临断层，更多的是遭到抛弃而非援救。新诗读者甚至作者转向古体诗词的欣赏和创作，要比相反的情形多得多。面临危机的新诗难以从西方诗歌的阵营获助，若再不愿向古体诗词的源头——传统文化求援，那么必将继续成为“孤儿”。最要命的是，新诗即便想从自己的经典作品中得到“再出发”的动力，也是很难。原因一是主题的时代感使其思想感染力弱化，以至于难以被继承；二是形式的自由度使其外在规范性泛化，以至于难以被摹仿。早期新诗诗人大多拥有较深传统文化功底，为其新诗创作提供了丰富的营养，由此诞生了一些佳作。随着传统的丢失和规范的缺失，后辈的新诗诗人就连向前辈致敬，都感到力不从心了。

四

在平和的心态、宽容的语境下，新诗与古体诗词各自的优劣已得到比较全面客观的认知。新诗形式自由，内容更能精准和到位；诗词形式严谨，内容更为写意和多义。双方的优长，反衬彼此的短板，犹如话剧和戏曲，前者主要写实，后者主要写意，前者擅长现实话题，后者擅长古典主题，两者在当代都有极大的生存空间和发展余地。

古体诗词依附于中国传统文明，包括农耕文明、封建文明、方块字文明等，其思维模式是天人合一，创作方法是有限表达，表达形式是安排有序和对称分明，从而实现内容的写意性与形式的规定性的辩证统一。如果说诗词的内容是自然的、看不见的，那么其形式就是非自然的、看得见的，表现为如戏曲那样使用程式的创作方法和审美特征。而新诗则依附于世界现代文明，包括工商业文明、城市文明、语流式文明等，其思维模式是自由精神，创作方式是充分表达，表达形式是随意多样和不拘一格，从而实现内容的现实性与形式的自由性的有机统一。无论是内容还是形式，现代新诗都表现为话剧那样的开放、宽泛。如果把历史比作一条长河，那么诗词便是舟船，新诗则是桥梁。上游的舟船可以轻易去下游游弋，但桥梁却只能顺着河流的前行不断地搭建。如今，舟船存在更舒适自由地乘坐的问题，而桥梁则存在更扎实精美地建造的问题。厘清两者的优劣特点和盛衰规律，从而调准两者的距离和角度，可以更加明确两者的不同生存方式和发展方向。

长期以来，对于古体诗词的诟病主要为白话文语境下片面追求文言创作思维，从而显得落伍、缺乏时代感；对于现代新诗的责难主要为片面追求心灵自由和表达自由，从而显得零散、缺乏形式感。在这些诟病和责难的背后，是文化底蕴、审美理念、创作模式、具体方法的巨大差异，并渗透在两者的创作、理论、欣赏等各个领域。这种差异明显地表现在，即使是杰出的诗人，也很难在两个领域取得同等的成就。更复杂的是，这些诟病和责难还会因时代和政治风气、社会和文化思潮、群体需求和倾向等原因，出现彼此互置的现象，如在上世纪八九十年代人们普遍觉得新诗要比诗词有亲和力，而到了二十一世纪初，却有越来越多的人认为诗词要比新诗更具时尚感。

新诗和诗词的巨大差异，从各自的出发点就已开始，并以各自的理念和模式、方法运行。如果对此缺乏认识，便极易对一种产生偏爱而对另一种产生反感，或在两者之前莫衷一是、摇摆不定。应该辩证地、实事求是地予以区别对待，保持两者各自的质地、格局和道路，让其尊重各自的规律发展。既然两种诗体都有达到艺术巅峰的前途与能力，那又何必要求它们按同一轨道行进？这样不但吃力，更不讨好。

五

无论新诗还是诗词，都是诗，都有对诗性、诗意、诗味的终极追求，都力图给人们以真的认知、善的感召和美的享受。在这一点上，谁都没有异议——即使背道而驰，也难言不会重逢，除非还不知道地球本是圆的。

既然都是诗、是文学，那么形式与内容两样都不可或缺。如果认为思想感情可以解决一切问题，那么去大喊大叫得了；如果认为格律程式可以解决一切问题，那么玩文字游戏好了，何必拉上诗和文学之名呢。诗一方面代表人的自由本能，要求打破现行既有的规范；一方面需要起码的规则，容纳绝大多数人的共识。新诗基本解决了前者，但未能完全解决后者，诗词则相反。因此，双方都有在两者之间寻求合理位置的渴望，其中古体诗人着重于完成有内容的形式；新诗诗人则致力于实现有形式的内容。其实，整个文学艺术史、人类文化史，都是为实现内容与形式的平衡和完美结合而互相学习、共同发展的历史，这个历史永无止境。

所以对于新诗和古体诗词来说，需要分别，不需要对立。新诗向来不缺时代感和个性化，古体诗词向来不少传统感和规范化，这些都应珍视和继承和弘扬。在此基础上，新诗需要提高精美度和规范度，诗词需要加强现实性和时代性。可以关注一下当代戏曲与话剧在创作、欣赏上“有分有合”、“可分可合”的生存关系，虽远未达到理想的境界，却也可对诗坛起到攻玉之效。

已不知经过多少年、有了多少次，新诗和诗词的有识之士都表达过互相借鉴、彼此提高的愿望，其中不少付诸行动。新诗正在追求语言的精炼、句式的齐整和韵脚的配合，更主动地吸收诗词中的文化底蕴和格调韵味；诗词正在尝试稍宽格律、当代用韵和自度流行的可能，更主动地吸收新诗中的现代思想和语言意象。双方都在试图通过借鉴对方，以一种更优质的理念、更有效的方法实现自身的突破，这是非常可喜的现象和趋势。毕竟在当代中国诗坛，一枝独秀、一家独大不容发生，平等生存、共同繁荣是众望所归。由于新诗和诗词分别代表着不同的价值理念、艺术精神，使用着不同的创作手法、审美工具，因此首先要分别遵循和探索自身的规律、实现各自的发展；同时也要互相关注、彼此借鉴，取长补短、同推互动，并力求避免用力不足和用力过猛的极端现象，达到诗的终极目标。值得注意的是，即使两者同登顶点，它们之间的距离和差异同样很大，如同两者各自的出发点一样。有效缩小两者距离和差异的创作现象，不是没有，却只会出现在极少数大师的身上，固然令人欣喜，却毕竟无法代表诗坛整体、更难以推广至大众。

“殊途”需要得到绝对的尊重，“同归”需要得到终极的期许。

嵌在新诗和旧体诗之间的“凝视”

■ 杨秀丽

在新诗和旧体诗之间应该有一个湖泊，这座湖泊可以称为“凝视”。

关于“凝视”，萨特认为，他人的凝视带来羞耻或骄傲，并呈现出凝视对面的我本身，使我有了生命。在萨特这里，“凝视”点燃自我反省、自我觉悟、自我认同，这就像李白“相看两不厌，唯有敬亭山”，和辛弃疾“我见青山多妩媚，料青山见我应如是”，很逍遥的生存状态。拉康则认为：“通过凝视，我进入了光，我接受的正是来自凝视的影响。”根据拉康的凝视理论，在诗歌中我们的词语将受到万物的影响，是一种万物的人格化或者自我化。品读我们的诗歌传统，能感受到这种凝视的存在。当然，凝视理论是西方的舶来品，换到我们自己的哲学系统来说，这种凝视体现天人合一，万物的秉性流淌在诗的血液里。

那么，我们今天说的新诗和旧体诗之间是否有相互凝视呢？

在这些年的诗歌创作过程中，我感受到文学的“凝视”包涵了三个层面，即视力、视角和视野，这里的视角和视野和王国维人生三境界的后两重境界有某种相似性，视力代表天赋、才华，视角是生活经验带来的条件反射，引起人在所不惜的苦苦追寻，视野则是最高层次的境界，它体现情怀，有一种蓦然回首、豁然顿悟的意味。天才诗人具有独特的“凝视”视力，其诗句奇特而充满想象，一会儿黄河之水天上来，一会儿疑是银河落九天。至于视角，每个人的人生经历不同，观照事物也有不同的角度，“横看成岭侧成峰，远近高低各不同”。而旧体诗中最为重要的凝视，以其持久关注，格物致知，深入物理，产生出一种人文情怀的视野，这可以说是旧体诗流动不息的古典风骨。

我们的新诗作为中国文学土壤上生长出来的树木，无疑受到西方现代诗歌的凝视般的照耀或者说是浇灌。而有趣的是，西方现代诗坛中很多大人物又都受到中国古典诗歌穿越千年风云的“凝视”，像英美诗坛最具有代表性的人物庞德就对中国旧体的诗歌推崇有加，汲取了丰富的营养，这从另外一个方向见证了新诗接受旧体诗凝视的巨大可能性。

但是，我们今天写作新诗，我们今天网络上的很多诗歌，应该说越来越缺少凝视，既缺少对万物的凝视，对心灵的凝视，也缺少对古典诗的凝视。不知道是否因为凝视本身具有的坡度和难度，我们自己在主动摆脱这样的凝视？今天诗歌创作即使有凝视，也是浮光掠影，泛泛而谈。我们有很多还值得一读的新诗，体现的主要还是视角的个人化，差异感，追求与众不同。但是在视野上，在情怀的挖掘和追寻中，众多的新诗丧失了旧诗诗的那种风骨，而风骨往往就是普世的情怀！譬如说城市诗，今天一直在说要创作城市诗。其实古人中有很好的城市诗作，像辛弃疾的《青玉案》，凝视的不仅是“东风夜放花千树、宝马雕车香满路”的城市元宵夜，他的视野更在“众里寻他千百度，蓦然回首，那人却在，灯火阑珊处”的落寞和追求中树立了情怀，孕育出风骨。而我们今天的很多城市诗往往凝视得不够，只呈现了其万物生长的繁华表面，却很难穿透到现实的薄膜，深入到情怀。所以新诗的视野，还是要向古人学习，向旧体诗学习。我曾经写过一首《中医文献馆：门诊的午后或者　一张药方》，一直被一些评论家和诗人称为城市诗，在这里，容我选读一下第一段：

午后瑞金二路的车流如我的胃部般
弯曲生疼。通向156号的中医文献馆门诊，
胃蓦然舒展，奇迹一般！
坐在神色安详的老中医面前，
我宁静如一片白芍开放。
制香附、佛手片——从老中医的笔尖
流向药方，纸质的，带着亚麻般
色泽和清苦的幽香。携着这一张药方，
如同携着一卷植物披拂的野地。

这首诗是向城市的凝视，也是向城市中那一颗脆弱的心灵的凝视，这一片疗救似的野地，就是我心中永远的守望和凝视，弥漫着中国传统诗歌乡愁般的情怀。

我想，新诗必须而且永远会从旧体诗歌中获得古典的“凝视”，但是，今天的旧体诗又如何从新诗中汲取有益的营养？我个人其实也挺喜欢旧体诗，我平时也写一些旧体诗，也常常与朋友一起唱和旧体诗，但我个人认为（也可能是一种偏见之说），我觉得中国诗歌未来的希望只能是在新诗，中国新诗正在迈向一座新的高峰，自莫言之后，我相信中国未来的诺贝尔奖得主将有很大可能产生在中国新诗界，但是永远不可能产生在主要写作旧体诗的诗人之间（这句话可能会说得言重，也可能会惹在座写旧体诗的专家们批驳）。但是我还是坚持认为，旧体诗无论怎样辉煌，如何走出国门是很难可能解决的问题，如果只是封闭在自己的这一片大陆上，终归只能不可避免地走向式微。

但是，新诗不同，当新诗勇于接受旧体诗的“凝视”，自觉接受古典诗光辉的影响，让东方诗歌传统的风骨生动起来的时候，我们的诗歌之路一定会开拓得更深，我们的心灵湖泊一定会来得更为广阔而辽远……

骚坛鸿雪

国风遗韵，民国诗词中的风烟往事

读郁达夫《毁家诗记》（中）

■ 楼世芳

其八

凤去台空夜渐长，挑灯时展嫁衣裳。
愁教晓日穿金缕，故绣重帏护玉堂。
碧落有星烂昴宿，残宵无梦到横塘。
武昌旧是伤心地，望阻侯门更断肠。

这是郁达夫《毁家诗记》的第八首，记的是1938年7月初发生的事情。

第一句，“凤去台空”，典出李白《登金陵凤凰台》：“凤凰台上凤凰游，凤去台空江自流。”以此借喻王映霞离家出走。

金缕，即金缕衣，古时以金线制成的华丽衣裳。

“故绣重帏”：故绣，故旧的绣饰品；重帏，重重幕帐。李商隐《无题》：“重帏深下莫愁堂，卧后清宵细细长。”玉堂，古来多义，这里应该指王映霞曾经住过的闺房。第三、四两句，说的是王映霞旧时服饰犹在，但眼下却已人去楼空。

碧落，道家称东方第一层天，碧霞满空，叫做“碧落”。后来泛指天上（天空）。

昴宿，是西宫白虎七宿的第四宿，由七颗星组成，其形状像斗，又称“北斗七星”，又像勺子，俗称“勺星”。昴，《史记·天官书》：“昴曰髦头。”髦，《说文》：“发也。”昴又称为留，留有簇聚、团属之意，例如果实多子而团聚的称为榴，因病变血液积聚而生的称为瘤。昴宿正是由一团小星组成的，希腊神话中称它们为“七姐妹”。古人用昴宿来定四时，《尚书·尧典》：“日短星昴，以正仲冬。”是指如果日落时看到昴宿出现在中天，就可以知道冬至到了。

横塘，古诗中常指离别伤心之地。南宋范成大《横塘》诗：“南浦春来绿一川，石桥朱塔两依然。年年送客横塘路，细雨垂杨系画船。”天上的聚集而成的昴宿依旧灿烂，而地上的离人却已残宵无梦。

侯门，指权豪势要之家，此借指许绍棣。典出唐崔郊《赠婢诗》。据唐末范摅《云溪友议》载，唐元和年间，秀才崔郊与其姑母的一个婢女互生情愫，互相爱慕。但是后来婢女却被卖给了显贵于某。崔郊悲伤怅惘不已。一年寒食节，偶尔外出的婢女，邂逅了崔郊，崔郊百感交集，写下了这首《赠婢诗》：“公子王孙逐后尘，绿珠垂泪滴罗巾。侯门一入深如海，从此萧郎是路人。”这首诗的内容写的是自己所爱者被劫夺的悲哀。据说后来于某读到此诗，为崔郊的痴情所感动，便让崔郊把婢女领去，一时传为美谈。萧郎，诗词中的习用语，唐以后许多爱情诗中的女主人公所思慕的恋人都叫“萧郎”，之后，宋、清也都有这种用法。

郁达夫以萧郎自况，因着王映霞的出走，两人也变成了路人。诗后自注：“七月初，自东战场回武汉，映霞时时求去。至四日晨，竟席卷所有，匿居不见。我于登报找寻之后，始在屋角捡得遗落之情书（许君寄来的）三封，及洗染未干之纱衫一袭。长夜不眠，为题‘下堂妾王氏改嫁前制遗留品’数字于纱衫，聊以泄愤而已。”

1938年春天，郁达夫举家来到武汉不久，王映霞发现自己已经怀有身孕，但是她没有告诉自己的丈夫。此时的郁达夫正忙着为抗日救亡运动作大量的宣传教育工作，同时他还是中华全国文艺界抗敌协会理事，参加了政府慰问团，奔赴前线慰劳抗日将士。也正是在这个时候，王映霞找到了同在武汉的诗人、郁达夫的挚友汪静之夫妇，提出了借夫堕胎的请求。

汪静之虽对郁达夫夫妇不合的事情早就有所耳闻，但还是陪同王映霞到汉口的一家私人诊所打掉了胎儿。不久，郁达夫从浙东前线返回武汉，汪静之前去探望却碰上王映霞与郁达夫正吵得不可开交。泪流满面的郁达夫告诉汪静之，他发现了许绍棣写给王映霞的三封情书。

据汪静之的公子汪飞白回忆："这次不同寻常，过去他们吵架我爸还劝解过。但这一次是特别激烈的。因为郁达夫是大哭了，大哭了。手里拿着那个许绍棣的三封信，他说，现在我这个，他们到碧湖过夜的这个情况，许绍棣写了整个过程，所以这个（我）实在受不了了。"

当天晚上，王映霞离家出走，郁达夫长夜难眠。他看见窗外还挂着王映霞洗晾的纱衫，悲愤难抑，拿起笔饱浸浓墨在那衫上大写"下堂妾王氏改嫁前之遗留品"。第二天，郁达夫在《大公报》上刊登了一条启事："王映霞女士鉴：乱世男女离合，本属寻常。汝与某君之关系，及搬去之细软、衣饰、现银、款项、契据等，都不成问题，惟汝母及小孩等想念甚殷，乞告以住址。郁达夫启"。他又影印了许绍棣的三封"情书"，声称这是"打官司的凭证"，还请郭沫若等人前来勘察"现场"，要他们看一看王映霞"卷逃"后的痕迹，甚至致电浙江军政府，吁请查找王映霞的下落。一时间舆论大哗，满城风雨。事情的结果是郁达夫和王映霞在朋友的调解下各让一步，王映霞写了不公开的悔过书，而郁达夫再次登报声明这次事件是自己精神失常所致，以保全妻子的名声。两人还立下协议书以示捐弃前嫌，开始新的夫妻之旅。但此事早已使王映霞尽失脸面，两人感情的裂痕再也无法弥合。

其九

敢将眷属比神仙，大难来时倍可怜。
楚泽尽多兰与芷，湖乡初度日如年。
绿章迭奏通明殿，朱字匀抄烈女篇。
亦欲赁舂资德耀，扊扅初谱上鲲弦。

这是郁达夫《毁家诗纪》第九首。

郁达夫原注："映霞出走后，似欲重奔浙江，然经友人劝阻，始重归武昌寓居。而当时敌机轰炸日烈，当局下令疏散人口，我就和她及小孩、伊母同去汉寿泽国暂避。闲居无事，做了好几首诗。因易君左兄亦返汉寿，赠我一诗，中有‘富春江上神仙侣’句，所以觉得惭愧之至。”

这是郁达夫举家避难汉寿时，与其挚友、湖南汉寿易君左的唱和诗。附郁达夫给易君左的信函：

君左兄：

昨晚启行，恕未能亲送至驿。今日翻阅所赠之作，有“富春江上神仙侣”

句，感慨无量，赋呈两律，乞斧正。

避地汉寿赋寄君左

敢将眷属比神仙，大难来时倍可怜，泽国尽多兰与芷，湖乡初度日如年，

绿章迭奏通明殿，朱字匀抄烈女篇，亦愿赁舂资德耀，扊扅新谱入鲲弦。

贫贱原知是祸胎，苏秦初不慕颜回，九州铸铁终成错，一饭论交竟自媒，

(内子事，其始固因一饭而失身，颇可伤也) 昨夜刚逢牛女会，他生再卜凤

凰台，最愁陌上花开日，怕听人歌缓缓来。

今日又有西竺山寺僧之约，我将去也。匆颂

撰安！

弟　达夫上

八月三日

郁达夫后来把此两首诗一起收入《毁家诗纪》。

楚泽，指湖南汉寿泽国。

兰、芷，香草，比喻良好的环境。此句意谓楚泽虽有兰芷的优雅环境，但时逢危难，终是度日如年。

绿章，亦称青词，原为道教道场所用表文。唐李肇《翰林志》说：“凡太清宫道观荐告词文，皆用青藤纸书朱字，谓之青词。”宋人真德秀等人文集内，皆载青词，遂成为一种文体。甚至在道教斋醮盛行的明代，如顾鼎臣、袁炜、李春芳、严讷、严篙等辈，皆以青词而获皇帝青睐，人称“青词宰相”。清代著名诗人龚自珍过镇江时，

为江上赛神道士留下一首青词佳作，曾为毛主席在文章中引用，流传甚广，这首青词为：“九州生气恃风雷，万马齐喑究可哀。我劝天公重抖擞，不拘一格降人才。”

通明殿，传说中玉帝的宫殿。“绿章迭奏通明殿”，出自陆游《花时遍游诸家园》一诗：“为爱名花抵死狂，只恐风日损红芳。绿章夜奏通明殿，乞借春阴护海棠”。

烈女篇，亦即《烈女传》，西汉刘向编，共七卷，记载了上古至西汉约一百位左右具有通才卓识，奇节异行的女子。

赁舂，受人雇佣，为东家舂米。典出《后汉书·梁鸿传》。梁鸿是东汉初期经学家、文学家，一生不仕，本为扶风平陵（今陕西咸阳）人。汉章帝时，梁鸿因去看望好友高恢，途经京城，作了一首《五噫歌》，大意是：登上高高的北芒山，俯览脚下的帝京城，宫室是多么崔嵬，老百姓的辛勤劳苦，却远远没有尽头。这首诗被章帝知道了，勃然大怒，下令搜捕梁鸿。梁鸿闻讯后改名换姓，携妻儿逃到了渤海边上居住。这就是唐朝王勃的《滕王阁序》里“窜梁鸿于海曲，岂乏明时？”的来历。后来章帝的人追到了齐鲁，梁鸿见这里也待不下去了，只得携妻子和一个儿子南逃。他们逃至吴地（今苏州一带）后，在皋伯通门下做雇工，全家三口住他家下屋里。白天梁鸿为人舂米，晚上回家，孟光已经为他做好了可口的饭菜。孟光非常敬重丈夫，上菜都不敢抬头直视，就半曲身子将盛着饭菜的托盘举至眉前端给丈夫吃。这就是“举案齐眉”的由来。有一次，主人看见，惊叹：“能使妻子这样敬重自己的人必非常人！”于是换了间大房子给梁鸿夫妇居住。自此梁鸿方得潜心学问，闭门著书十余篇。

德耀，梁鸿为妻子起名孟光，字德耀。

扊扅，yán yí（音：言移）又作：剡移。古代木门的门栅。木质的一根杆子，挡插在木门后面可以将木门关上，外面推不开。其功能类似于现代的门后插销。典出《扊扅歌》：春秋时，百里奚家境贫寒，在楚国为人放牛。五霸之一秦穆公听说他是贤能之才，用五张羊皮向楚国赎他，任用为秦相。百里奚过去的妻子在相府里做仆人，在堂上奏乐之时，自言知音，抚琴而歌："百里奚，五张皮。忆别时，烹伏雌，炊扊扅；今日富贵忘我为!"扊扅就是门闩。妇人唱《扊扅歌》，回忆夫妻过穷日子的旧时光景，那时穷得烧掉门闩以为炊。此歌流传既远，诗文中用"扊扅"指代患难妻子。

鲲弦，即鹍弦。《乐府杂记》：唐明皇时代的宫廷乐师贺怀智"以鹍鸡筋作琵琶弦，用铁拨弹。"北宋词人晁端礼《浣溪沙》："一春幽怨付鲲弦。小楼今夜月重圆。"

因为易君左在赠诗中有"富春江上神仙侣"的句子，无意中深深刺痛了郁达夫。于是郁达夫还了两首诗酬答。尽管面临国破家碎，郁达夫还是抱着一丝幻想，幻想着能像梁鸿、百里奚一样，通过自己上奏的"绿章"，家景重圆。

其十

犹记当年礼聘勤，十千沽酒圣湖濆。
频烧绛蜡迟宵柝，细煮龙涎涴宿熏。
佳话颇传王逸少，豪情不减李香君。
而今劳燕临歧路，肠断江东日暮云。

这是郁达夫《毁家诗记》的第十首，是郁达夫对王映霞从相识到结合这一段往事的回忆和当下的感慨。郁达夫原注中说，"与映霞结合事，曾记在日记中。前尘如梦，回忆起来，还同昨天的事情一样。

"犹记当年礼聘勤，十千沽酒圣湖濆"，是郁达夫对往事的追忆。十千沽酒，是人生得意的豪气。唐人宋之问有"能向花中几回醉,十千沽酒莫辞贫"的诗句。濆，音喷，古意同喷，谓泉水（或波浪）喷涌。写出了郁达夫当年对王映霞的一见倾心。

1922年，二十六岁的郁达夫从东京帝大毕业，获得经济学学士学位。不久，回到了国内，专心从事文学的创作。1927年1月14日，郁达夫去留日同学孙百刚的家里聊天，邂逅一位来自于浙江女子师范学校的毕业生。这是个美丽活泼的杭州姑娘，原名叫金宝琴，因过继给外祖父当孙女，故改名叫王旭，字映霞，也就是郁达夫后来的妻子王映霞。郁达夫当即为王映霞的美貌而神魂颠倒。而王映霞是个新知识女性，自然也听说过新派作家郁达夫的名字，这会儿突然遇见，也甚感新奇，问这问那的特别多。郁达夫见此景，异常慷慨地提议由他请客，到外面的上等酒馆吃饭。饭后，他的兴致仍然高涨，又请他们去看了场外国电影，方余意未尽地回到宿舍里。当天深夜，郁达夫在日记上写道："……遇见了杭州的王映霞女士，我的心又被她搅乱了。此事当竭力的进行，求得和她做一个永久的朋友。醉了，醉了！啊啊，可爱的映霞……"

此年郁达夫三十一岁，王映霞小他十一岁，而且，郁达夫已有家室，但这未能影响到郁达夫的"一见倾心"。虽然遭到了双方亲朋的一致反对，但王映霞仍然在郁达夫疯狂的追求下屈服了。能够得到心上美人的爱情，郁达夫把它看作是上天赐给自己的莫大幸福。因为，这是他平生第一次真正热恋着一个女人，他愿意为此付出自己的所有，包括生命。从郁达夫写给王映霞的一封信中，我们可以看出他是怎样的一个真情汉子："两月以来，我把什么都忘掉。为了你我情愿把家庭，名誉，地位，甚而至于生命，也可以丢弃，我的爱你，总算是切而且挚了。此外的一切，在爱的面前，都只有和尘沙一样的价值。所以我觉得这一次我对你感到的，的确是很纯正，很热烈的爱情。……我此后想遵守你所望于我的话，我此后想永远地将你留置在我的心灵上膜拜。假使我将来若有一点成就的时候，那么我的这一点成就的荣耀，愿意全部归赠给你。映霞，映霞，我写完了这一封信，眼泪就忍不住的往下掉了，我我……"

不久后，王映霞转达了自己包括母亲向郁达夫提出了两点要求：一是要明媒正娶；二是要郁同原配孙荃离婚，再公开与她结婚。这样的要求在今天是无可厚非的，但在当时允许纳妾的民国，郁达夫就没有办到。因为孙荃女士坚决不同意离婚，并要以死相抗。性格怯懦的郁达夫处在两难的痛苦之中，而身为大法官的大哥郁曼陀，还威慑要以"重婚罪"来审判他。最后关键时刻，是王映霞的外祖父王二南先生起了决定作用。这位老学士对经史百家，无所不通；诗古文词，尤称高手。见到了郁达夫后，相谈甚欢，对其的文章才情格外赏识。几天后，王二南委婉地允诺了他们的婚事，要郁达夫“边办事，边整改”。

1928年的春天，郁达夫和王映霞在南京路的东亚饭店请了两桌客，向前来赴宴的朋友宣佈了他们的结婚（同居）。实际上在这前后几个月里，郁达夫都一直隐身户内，陪着王映霞欢度蜜月，享受着杭州美女带给他的温馨。他的生活和人生姿态，确实也向积极的方面转变了许多。郁达夫在写作之馀，也会陪王映霞到附近街上散步，游览风景。这是他们婚姻生活中难得的蜜月期。

“频烧绛蜡迟宵柝，细煮龙涎涴宿熏”,绛蜡，红色的蜡；宵柝，巡夜的梆声；龙涎，即龙涎香，世界上最早发现龙涎香的国家，是古代中国。汉代，渔民在海里捞到一些灰白色清香四溢的蜡状漂流物，这就是经过多年自然变性的成品龙涎香，从几千克到几十千克不等，有一股强烈的腥臭味，但干燥后却能发出持久的香气，点燃时更是香味四溢，比麝香还香。当地的一些官员，收购后当着宝物贡献给皇上，在宫庭里用作香料，或作为药物。当时，谁也不知道这是什么宝物，请教宫中的“化学家”炼丹术士，他们认为这是海里的“龙”在睡觉时流出的口水，滴到海水中凝固起来，经过天长日久，成了“龙涎香”。现代科学发现，所谓龙涎，只是鲸科动物抹香鲸的肠内分泌物的干燥品。取自宰杀的抹香鲸肠内分泌物（它是抹香鲸吞食墨鱼后，胃肠道分泌出来的灰黑色的蜡状排泄物）。其味甘、气腥、性涩，具有行气活血、散结止痛、利水通淋、理气化痰等功效，用于治疗咳喘气逆、心腹疼痛等症，系各类动物排泄物中最名贵的中药，极为难得。

据王映霞女士晚年接受香港《广角镜》采访谈到，她和郁达夫结婚以后，确实是过着幸福的生活。郁达夫曾在上海生了一场大病，王映霞细心护理，无微不至。病后调养，不是烧鸡汁，就是炖甲鱼，有时要弄到很晚。只要是郁先生想吃的，都尽量弄到。这两句诗回忆的就是这般情景。

“佳话颇传王逸少，豪情不减李香君”。王逸少，即王羲之。典出《世说新语》“东床坦腹”：晋代的另一大士族郗鉴欲与王氏家族联姻，就派了门生到王家去择婿。王导让来人到东厢下逐一观察他的子侄。门生回去后对郗鉴汇报说：王氏的诸少年都不错，他们听说来人是郗家派来选女婿的，都一个个神态矜持。只有一个人在东床上坦胸露腹地吃东西，好像不知道有这回事一样。郗鉴听了，说：“这就是我要找的佳婿。”后来一打听，知道坦腹而食的人是王羲之，就把女儿嫁给了他。后人就把“东床坦腹”、“东床”作为女婿的美称，或称呼他人的女婿叫“令坦”。郁达夫以为人坦率，不拘礼节的王羲之自况，而把王二南比作识才、惜才的郗鉴。李香君，明清时期秦淮八艳之一，孔尚任《桃花扇》女主角，身在青楼，志在社稷。倾心于公子侯方域，明亡，坚不从清。林语堂曾为香君题诗：

香君一个娘子，血染桃花扇子。
气义照耀千古，羞杀须眉汉子。
香君一个娘子，性格是个蛮子。
悬在斋中壁上，教我知所管制。
如今天下男子，谁复是个蛮子。
大家朝秦暮楚，成个什么样子。
当今这个天下，都是骗子贩子。
我思古代美人，不至出甚乱子。

林语堂甚至把《桃花扇》一剧中，李香君痛骂奸贼阮大铖的一段唱词与岳武穆的《满江红》相提并论，说都是动天地、泣鬼神的文字。此地把王映霞比作李香君，反映出郁达夫理想主义的色彩。以至于两人面临“劳燕分飞”的时候，郁达夫不得不感慨“肠断江东日暮云”了。直到晚年，王映霞女士仍对最后两句“而今劳燕临岐路，肠断江东日暮云”耿耿于怀。“他（郁达夫）将很多美好的事变作后来攻击我的材料，是使我最不能原谅他的。不过他现在已不在人世，我不愿再讲他的坏话。”(冰夫《忍抛白首盟山约》，原载 1982 年 1 月香港《广角镜》月刊)

其十一

戎马间关为国谋，南登太姥北徐州。
荔枝初熟梅妃里，春水方生燕子楼。
绝少闲情怜姹女，满怀遗憾看吴钩。
闺中日课阴符读，要使红颜识楚仇。

这是郁达夫《毁家诗记》的第十一首。

间关，原意为象声词，白居易《琵琶行》："间关莺语花底滑"。这里指时间紧凑，有"间不容隙"意思。

太姥，山名，在今闽浙交界的福建省福鼎市境内。

梅妃，姓江名采苹，唐开元中选入宫，侍奉唐明皇，封东宫正一品皇妃，因酷爱梅花而得名。梅妃故里在今福建省莆田县黄石镇，当地盛产荔枝。杨贵妃入宫后，江采苹被迁于上阳东宫。有一天，她听侍女说，有人给宫廷进贡了一箩箩荔枝，勾起了她对故乡的思念，她问侍女：是不是莆田送来的荔枝？侍女说：是广东岭南送来的。

燕子楼，徐州五大名楼之一，现位于徐州云龙公园知春岛上，是唐朝武宁节度史张愔为其爱妾关盼盼所建的一座小楼。张逝世后，关盼盼矢志守节不嫁，独居燕子楼十度春秋，唐朝张仲素和白居易为之题咏，关盼盼读后凄绝而终。遂使此楼名垂千古。

此借梅妃与关盼盼两位女性的不同遭遇，比较战乱时期的王映霞。

姹女，道家炼丹，称朱砂为姹女，亦称少女美女为姹女。此借用梁启超《澳亚归舟杂兴》诗："姹女不知家国恨，更弹汉曲入胡琴。"句意。

阴符，亦称《阴符经》，总共只有三百多字，作者无法考证。据说《阴符经》是唐朝著名道士李筌在河南省境内的洛阳嵩山少室虎口岩石壁中发现的，此后才传抄流行于世。根据李筌对本经典的解释著作《黄帝阴符经疏》，可以把它的内容概括为两个部分：首先讲述观察自然界及其发展变化的客观规律，所以，天性运行为自然规律，人心则顺应自然规律；其次阐明了天、地、人生杀的变化情况，人的生杀之气的和收，应与自然同步，才能把握好事物成功的机遇等等。

"要使红颜识楚仇",是郁达夫对王映霞的责备，大有恨铁不成钢之慨。郁达夫在诗后注解说："映霞平日不关心时事，此次日寇来侵，犹以为系一时内乱；行则须汽车，住则非洋楼不适意。伊言对我变心，实在为了我太不事生产之故。"

其十二

贫贱原知是祸胎，苏秦初不慕颜回。
九州铸铁终成错，一饭论交竟自媒。
水覆金盆收半勺，香残心篆看全灰。
明年陌上花开日，愁听人歌缓缓来。

这是郁达夫《毁家诗记》的第十二首。

这首诗同以上第九首诗一样，是郁达夫与其挚友、湖南汉寿易君左的唱和诗，两首诗同寄于 8 月 3 日（见第九首注解)。

苏秦，字季子，东周 (公元前 317 年前) 洛阳轩里人据（今洛阳东郊太平庄一带)，战国时期的韩国人，是与张仪齐名的纵横家。可谓"一怒而天下惧，安居而天下熄"。他出身农家，素有大志，曾随鬼谷子学习纵横捭阖之术多年。苏秦很想有所作为，曾求见周天子，却没有引见之路，一气之下，变卖了家产到别的国家找出路去了。但是他东奔西跑了好几年，也没做成官。后来钱用光了，衣服也穿破了，只好回家。家里人看到他趿拉着草鞋，挑副破担子，一付狼狈样。他父母狠狠地骂了他一顿；他妻子坐在织机上织帛，连看也没看他一眼；他求嫂子给他做饭吃，嫂子不理他扭身走开了。苏秦受了很大刺激，决心争一口气。从此以后，他发愤读书，钻研" 周书阴符"，天天到深夜。有时候又累又困，他就用锥子扎自己的大腿，接着读下去。他还把头发用带子系起来拴到房梁上，一打瞌睡，头向下栽，揪得头皮疼，他就清醒过来了。（"头悬梁，锥刺股"）就这样用了一年多的功夫，在有所收获后，重新出游。至秦，不被用。正好遇见燕昭王广招开下贤士，苏秦入燕，深受燕昭王信任。之后，苏秦又说服赵国联合韩、魏、齐、楚、燕攻打秦，又到韩，游说韩宣王；到魏，游说魏襄王；至齐，游说齐宣王；又往楚，游说楚威王。诸侯都赞周苏秦之计划，于是六国达成联合的盟约，苏秦为纵约长，并任六国相。此后十五年，秦兵不敢图谋向函谷关内进攻。

颜回：字子渊，亦颜渊，（公元前521~前481年）春秋末鲁国人。孔子最得意弟子。《论语.雍也》说他“一箪食，一瓢饮，在陋巷，人不堪其忧，回也不改其乐”。为人谦逊好学，安贫乐道。是为历代儒生的楷模。

“贫贱原知是祸胎”，此句后郁达夫曾有自注：“某（按：指许绍棣）始以香港汇丰港币三十七万余元存折交王姬，旋即取去。”

“苏秦初不慕颜回”，实际是郁达夫的讽喻，意思是说，贫贱原来是祸事的根源啊，谁还会像颜回那样安贫乐道，注重自身的学问、修养呢？赫赫有名的纵横家苏秦，当初不也看不起深处陋巷的颜回么？

“一饭论交”，郁达夫在此句后自注：“王姬失身在某夜一饭后，某来信叙当夜事甚详。”

“水覆金盆收半勺”，用朱买臣典，见前第七首注。郁达夫在句后自注“半岁后来归。”

“心篆”，一种心形的香。

“陌上花”，苏轼的《陌上花三首》序中，曾提到这个典故的由来：“父老云：吴越王妃每岁春必归临安。王以书遗妃曰：陌上花开，可缓缓归矣。”

郁达夫在诗后自注：映霞失身之夜，事在饭后，许君来信中（即三封情书中之一），叙述当夜事很详细。当时且有港币三十七万余元之存折一具交映霞，后因换购美金取去。

这是《毁家诗记》中颇为凄婉的一首诗。水覆金盆，香残心篆，值此国破家碎的时刻，万念俱灰。明年陌上花会重开，明年“人歌”谁复重来？

其十三

并马汜州看木奴，粘天青草复重湖。
向来豪气吞云梦，惜别清啼陋鹧鸪。

自愿驰驱随李广，何劳叮嘱戒罗敷。

男儿只合沙场死，岂为凌烟阁上图。

这是郁达夫《毁家诗记》第十三首。

“氾州木奴”，木奴，也就是橘树，也称“橘奴”。典出《三国志·吴志·三嗣主孙休传》裴松之注引《襄阳记》：“(李) 衡 (丹阳太守) 每欲治家，妻既不听。后密遣客十人于武陵龙阳氾州上作宅，种甘橘千株。临死，敕儿曰：‘汝母恶我治家，故穷如是。然吾州里有千头木奴，不责汝衣食，岁上一匹绢，亦可足用耳。’”木奴之说，即是以柑橘树拟人，一棵树就象一个可供驱使聚财的奴仆，且不费衣食，后以木奴指柑橘或果实。北魏贾思勰《齐民要术》：“木奴千，无凶年”，大意是说果实可以市易五谷。

郁达夫当时在湖北汉寿，句后有注：“汉寿地介于常德之间。”常德，汉魏以来亦称作武陵，民国二年 (1913) 废府，改武陵县为常德县，即所谓“武陵龙阳氾州”的出处。

“粘天青草”,形容草木懋远。张祜诗“草色粘天鶗鴂恨”，黄山谷“远山粘天吞钓舟”，秦少游小词“山抹微云，天粘衰草”等等。

重湖，是指西湖中的白堤将湖面分割成的里湖和外湖。柳永《望海潮》：“重湖叠巘清嘉，有三秋桂子，十里荷花。”

云梦，即云梦泽，湖北省江汉平原上的古湖泊群的总称，泛指抗日时期尚未沦陷的楚汉中原地区。

李广，西汉著名军事家，陇西成纪 (今甘肃省静宁县治平乡人)，做过骑郎将、骁骑都尉、未央卫尉、郡太守，镇守边郡使匈奴不敢犯多年，被称为“飞将军”。

罗敷，是《陌上桑》与《孔雀东南飞》中都出现了的人物，发生在汉末至三国时期。《陌上桑》又名《艳歌罗敷行》，又名《日出东南隅》，是一篇喜剧性的叙事诗。它写一个名叫秦罗敷的美女在城南隅采桑，人们见了她都爱慕不已，正逢一个“使君”经过，问罗敷愿否跟他同去，罗敷断然以“使君自有妇，罗敷自有夫”为由拒绝使君的求爱，并将自己的丈夫夸耀了一通。《陌上桑》的母题渊源甚远。中国古代的北方盛产桑树，养蚕业也相当发达，每当春天来临，妇女们便纷纷采摘桑叶，《诗经·魏风》的《十亩之间》，对其情景有生动的表现。由于采桑之处女子很多，所以，其地也往往成为男女恋爱的场所，《诗经》中所吟咏的“桑间濮上”之地，便是如此。由此，也产生了许多有关采桑女的传说故事。《陌上桑》则是这一母题在汉代的变奏。郁达夫借以此典反讽王映霞。

凌烟阁是封建王朝为表彰功臣而建筑的绘有功臣图像的高阁。原本是唐皇宫内三清殿旁的一个不起眼的小楼，贞观十七年二月，唐太宗李世民为怀念当初一同打天下的众位功臣（当时已有数位辞世，还活着的也多已老迈），命阎立本在凌烟阁内描绘了长孙无忌、杜如晦、魏征、房玄龄、尉迟敬德等二十四位功臣的图像，褚遂良题之，皆真人大小，唐太宗时常前往怀旧。其实这二十四个人里面，超过一半以上的人曾经是唐太宗的“死对头”，后来因各种原因投降、投奔了李世民。尤其侯君集，后因贪污腐败被关了一阵子而心怀不满，怂恿另一个功臣张亮与自己一起造反。张亮密报唐太宗，太宗却道：“与君集都是功臣，如今君集只对你一个人说了，如果让你们二人对证，君集一定不承认，我应该相信谁？”于是不再提这件事，“待侯君集如初”。后来，侯君集果然“有负圣望”造了反，被抓住了，唐太宗亲自审讯，并对他说：“你是国家功臣，我不想让你受刀笔吏的羞辱，因此亲自来将事情弄清楚。”证据确凿，唐太宗又召集文武百官说：“君集有功于国，我将乞求饶他一命，诸位能够答应么？”群臣都说：“君集之罪，天地不容。”造反本来是要灭族的，但太宗念他曾有功于国，饶了他妻儿的命。临刑前，太宗与他诀别，哭着说“吾为卿不复上凌烟阁矣！”

“凌烟阁上图”，又作“凌烟一画图”。此句后郁达夫曾有注云：“姬（注：指王映霞）企慕官职，以厅长为最大荣名，每对人自称厅长夫人，于以取乐”。

郁达夫诗后自注：九月中，公洽（注：陈仪）主席复来电促我去闽从戎，我也决定为国家牺牲一切了，就只身就道，奔赴闽中。

其十四

汨罗东望路迢迢，郁怒熊熊火未消。
欲驾飞涛驰白马，潇湘浙水可通潮。

这是郁达夫《毁家诗记》第十四首。

这首诗与后面的第十六、十八首诗原载1938年10月15日香港《大风》的第23期,发表时题作“风雨下沅湘遥望汨罗”，又有诗题作“九月初旬离汉寿，拟去南洋，风雨下沅湘，遥望汨罗”。总之，这是郁达夫去南洋前，到湖南汨罗时所作。

汨罗，即汨罗江，是湘江在湘北的最大支流，位于湖南省东北部。汨罗江的出名，主要是因屈原的关系。春秋战国时期，楚国著名的政家、诗人屈原被流放时，曾在汨罗江畔的玉笥山上住过。公元前278年，楚国郢都（今湖北江陵县）被秦军攻破，屈原感到救国无望，投汨罗江而死。郁达夫用屈原投江事典。

“飞涛驰白马”，亦称“白马雪涛”，为湖南桃源八景之一，事出“梁嵩白马飞涛探母”。《桃源县志》上曾留下一段简略的记载：“梁嵩，广西浔州南平县人，后唐状元，武陵太守。奏减郡税。母病，归养，郡人追之，及渡，留所乘白马，因以名渡，志思也。”梁嵩自小受苦，做了武陵太守以后，事事为老百姓着想，还不时把自己的俸禄拿出来接济穷人，老百姓都很感激他，把他当作衣食主人，再生父母。一日，忽接家书，报慈母病危。梁嵩再三思量，只得辞官去职回故里，以侍奉母亲直到天年。起程这一天，梁嵩不惊动任何人，他早早起来乘了一匹白马。那马似乎明白主人的心思，飞蹄扬鬃，出武陵城往西北疾驰。天色已明，晨曦初露，梁嵩已行至桃花源对面沅水边上的一座桥头，这时候只听得身后一阵阵呼唤，回头一看，原来是百姓闻讯赶来送他。看到这番情景，梁嵩只觉得心酸眼热。为了叫百姓早早返程，不要耽误了工夫，就远远地向人们挥手，拨过马头，飞起一鞭，两腿一夹，那白马飞快地冲下石桥，踏着波涛，从水面上削了过去，身后溅起一片迷迷茫茫的水雾。梁嵩到了沅水右岸，恰恰老百姓也赶到了沅水左岸，为表达心意，梁嵩留下了白马作为纪念。老百姓为了纪念梁嵩鞭马过江的情景，就在这里的麻枯石上凿了“拨马削涛”几个字。这也是今日“白马雪涛”的由来。郁达夫以此典，表达自己的报国心切。

“潇湘浙水可通潮”，用春秋战国时期屈原、伍子胥典故。

郁达夫诗后自注：“风雨下沅湘，东望汨罗，颇深故国之思，真有伍子胥怒潮冲杭州的气概。”（未完待续）